T0038370

Octaedro

Julio Cortázar

Octaedro

ALFAGUARA

Papel certificado por el Forest Stewardship Council®

Penguin
Random House
Grupo Editorial

Primera edición en este formato: enero de 2024

© 1974, Julio Cortázar y Herederos de Julio Cortázar
© 2017, Penguin Random House Grupo Editorial, S. A.
Humberto I 555, Buenos Aires
© 2024, Penguin Random House Grupo Editorial, S. A. U.
Travessera de Gràcia, 47-49. 08021 Barcelona

© Diseño: Penguin Random House Grupo Editorial, inspirado en un diseño original de Enric Satué

Printed in Spain – Impreso en España

ISBN: 978-950-51-1183-1
Depósito legal: B-19348-2023

Impreso en Unigraf, Móstoles (Madrid)

AL1183C

· Índice

Liliana llorando   9

Los pasos en las huellas   19

Manuscrito hallado en un bolsillo   41

Verano   55

Ahí pero dónde, cómo   65

Lugar llamado Kindberg   77

Las fases de Severo   89

Cuello de gatito negro   101

Liliana llorando

Menos mal que es Ramos y no otro médico, con él siempre hubo un pacto, yo sabía que llegado el momento me lo iba a decir o por lo menos me dejaría comprender sin decírmelo del todo. Le ha costado al pobre, quince años de amistad y noches de poker y fines de semana en el campo, el problema de siempre; pero es así, a la hora de la verdad y entre hombres esto vale más que las mentiras de consultorio coloreadas como las pastillas o el líquido rosa que gota a gota me va entrando en las venas.

Tres o cuatro días, sin que me lo diga sé que él se va a ocupar que no haya eso que llaman agonía, dejar morir despacio al perro, para qué; puedo confiar en él, las últimas pastillas serán siempre verdes o rojas pero adentro habrá otra cosa, el gran sueño que desde ya le agradezco mientras Ramos se me queda mirando a los pies de la cama, un poco perdido porque la verdad lo ha vaciado, pobre viejo. No le digas nada a Liliana, por qué la vamos a hacer llorar antes de lo necesario, no te parece. A Alfredo sí, a Alfredo podés decírselo para que se vaya haciendo un hueco en el trabajo y se ocupe de Liliana y de mamá. Che, y decile a la enfermera que no me joda cuando escribo, es lo único que me hace olvidar el dolor aparte de tu eminente farmacopea, claro. Ah, y que me traigan un café cuando lo pido, esta clínica se toma las cosas tan en serio.

Es cierto que escribir me calma de a ratos, será por eso que hay tanta correspondencia de condenados a muerte, vaya a saber. Incluso me divierte imaginar por escrito cosas que solamente pensadas en una de esas se te atoran en la garganta, sin hablar de los lagrimales; me veo desde las palabras como si fuera otro, puedo pensar cualquier cosa siempre que en seguida lo escriba, deformación profesional o algo que se empieza a ablandar en las meninges. Solamente me interrumpo cuando viene Liliana, con los demás soy menos amable, como no quieren que hable mucho los dejo a ellos que cuenten si hace frío o si Nixon le va a ganar a McGovern, con el lápiz en la mano los dejo hablar y hasta Alfredo se da cuenta y me dice que siga nomás, que haga como si él no estuviera, tiene el diario y se va a quedar todavía un rato. Pero mi mujer no merece eso, a ella la escucho y le sonrío y me duele menos, le acepto ese beso un poquito húmedo que vuelve una y otra vez aunque cada día me canse más que me afeiten y debo lastimarle la boca, pobre querida. Hay que decir que el coraje de Liliana es mi mejor consuelo, verme ya muerto en sus ojos me quitaría este resto de fuerza con que puedo hablarle y devolverle alguno de sus besos, con que sigo escribiendo apenas se ha ido y empieza la rutina de las inyecciones y las palabritas simpáticas. Nadie se atreve a meterse con mi cuaderno, sé que puedo guardarlo bajo la almohada o en la mesa de noche, es mi capricho, hay que dejarlo puesto que el doctor Ramos, claro que hay que dejarlo, pobrecito, así se distrae.

O sea que el lunes o el martes, y el lugarcito en la bóveda el miércoles o el jueves. En pleno verano la Chacarita va a ser un horno y los muchachos la van a pasar mal, lo veo al Pincho con esos sacos cruzados y con hombreras que tanto lo divierten a Acosta, que por su parte se tendrá que trajear aunque le cueste, el rey de la campera poniéndose corbata y saco para acompañarme, eso va a ser grande. Y Fernandito, el trío completo, y también Ramos, claro, hasta el final, y Alfredo llevando del brazo a Liliana y a mamá, llorando con ellas. Y será de veras, sé cómo me quieren, cómo les voy a faltar; no irán como fuimos al entierro del gordo Tresa, la obligación partidaria y algunas vacaciones compartidas, cumplir rápido con la familia y

10

mandarse mudar de vuelta a la vida y al olvido. Claro que tendrán un hambre bárbaro, sobre todo Acosta que a tragón no le gana nadie; aunque les duela y maldigan este absurdo de morirse joven y en plena carrera, hay la reacción que todos hemos conocido, el gusto de volver a entrar en el subte o en el auto, de pegarse una ducha y comer con hambre y vergüenza a la vez, cómo negar el hambre que sigue a las trasnochadas, al olor de las flores del velorio y los interminables cigarrillos y los paseos por la vereda, una especie de desquite que siempre se siente en esos momentos y que yo nunca me negué porque hubiera sido hipócrita. Me gusta pensar que Fernandito, el Pincho y Acosta se van a ir juntos a una parrilla, seguro que van a ir juntos porque también lo hicimos cuando el gordo Tresa, los amigos tienen que seguir un rato, beberse un litro de vino y acabar con unas achuras; carajo, como si los estuviera viendo, Fernandito va a ser el primero en hacer un chiste y tragárselo de costado con medio chorizo, arrepentido pero ya tarde, y Acosta lo mirará de reojo pero el Pincho ya habrá soltado la risa, es una cosa que no sabe aguantar, y entonces Acosta que es un pan de dios se dirá que no tiene por qué pasar por un ejemplo delante de los muchachos y se reirá también antes de prender un cigarrillo. Y hablarán largo de mí, cada uno se acordará de tantas cosas, la vida que nos fue juntando a los cuatro aunque como siempre llena de huecos, de momentos que no todos compartimos y que asomarán en el recuerdo de Acosta o del Pincho, tantos años y broncas y amoríos, la barra. Les va a costar separarse después del almuerzo porque es entonces cuando volverá lo otro, la hora de irse a sus casas, el último, definitivo entierro. Para Alfredo va a ser distinto y no porque no sea de la barra, al contrario, pero Alfredo va a ocuparse de Liliana y de mamá y eso ni Acosta ni los demás pueden hacerlo, la vida va creando contactos especiales entre los amigos, todos han venido siempre a casa pero Alfredo es otra cosa, esa cercanía que siempre me hizo bien, su placer de quedarse largo charlando con mamá de plantas y remedios, su gusto por llevarlo al Pocho al zoológico o al circo, el solterón disponible, paquete de masitas y siete y medio cuando mamá no estaba bien, su confianza tímida y clara con Liliana, el amigo de los amigos que ahora tendrá que pasar esos dos días tragándose las lágrimas, a lo mejor llevándolo al Pocho a su quinta y volviendo en seguida para estar con mamá y Liliana hasta lo último. Al fin y al cabo le va a tocar ser el hombre de la casa y aguantarse todas las complicaciones, empezando por la funeraria, esto tenía que pasar justo cuando el viejo anda por México o Panamá, vaya a saber si llega a tiempo para aguantarse el sol de las once en Chacarita, pobre viejo, de manera que será Alfredo el que lleve a Liliana porque no creo que la dejen ir a mamá, a Liliana del brazo, sintiéndola temblar contra su propio temblor, murmurándole todo lo que yo le habré murmurado a la mujer del gordo Tresa, la inútil necesaria retórica que no es consuelo ni mentira ni siquiera frases coherentes, un simple estar ahí, que es tanto.

También para ellos lo peor va a ser la vuelta, antes hay la ceremonia y las flores, hay todavía contacto con esa cosa inconcebible llena de manijas y dorados, el alto frente a la bóveda, la operación limpiamente ejecutada por los del oficio, pero después es el auto de remise y sobre todo la casa, volver a entrar en casa sabiendo que el día va a estancarse sin teléfono ni clínica, sin la voz de Ramos alargando la esperanza para Liliana, Alfredo hará café y le dirá que el Pocho está contento en la quinta, que le gustan los petisos y juega con los peoncitos, habrá que ocuparse de mamá y de Liliana pero Alfredo conoce cada rincón de la casa y seguro que se quedará velando en el sofá de mi escritorio, ahí mismo donde una vez lo tendimos a Fernandito víctima de un poker en el que no había visto una, sin hablar de los cinco coñacs compensatorios. Hace tantas semanas que Liliana duerme sola que tal vez el cansancio pueda más que ella, Alfredo no se olvidará de darles sedantes a Liliana y a mamá, estará la tía Zulema repartiendo manzanilla y tilo, Liliana se dejará ir poco a poco al sueño en ese silencio de la casa que Alfredo habrá cerrado concienzudamente antes de ir a tirarse en el sofá y prender otro de los cigarros que no se atreve a fumar delante de mamá por el humo que la hace toser.

En fin, hay eso de bueno, Liliana y mamá no estarán tan solas o en esa soledad todavía peor que es la parentela lejana invadiendo la casa del duelo; habrá la tía Zulema que siempre ha vivido en el piso de arriba, y Alfredo que también ha estado entre nosotros como si no estuviera, el amigo con llave propia; en las primeras horas tal vez será menos duro sentir irrevocablemente la ausencia que soportar un tropel de abrazos y de guirnaldas verbales, Alfredo se ocupará de poner distancias, Ramos vendrá un rato para ver a mamá y a Liliana, las ayudará a dormir y le dejará pastillas a la tía Zulema. En algún momento será el silencio de la casa a oscuras, apenas el reloj de la iglesia, una bocina a lo lejos porque el barrio es tranquilo. Es bueno pensar que va a ser así, que abandonándose de a poco a un sopor sin imágenes, Liliana va a estirarse con sus lentos gestos de gata, una mano perdida en la almohada húmeda de lágrimas y agua colonia, la otra junto a la boca en una recurrencia pueril antes del sueño. Imaginarla así hace tanto bien, Liliana durmiendo, Liliana al término del túnel negro, sintiendo confusamente que el hoy está cesando para volverse ayer, que esa luz en los visillos no será ya la misma que golpeaba en pleno pecho mientras la tía Zulema abría las cajas de donde iba saliendo lo negro en forma de ropa y de velos mezclándose sobre la cama con un llanto rabioso, una última, inútil protesta contra lo que aún tenía que venir. Ahora la luz de la ventana llegaría antes que nadie, antes que los recuerdos disueltos en el sueño y que sólo confusamente se abrirían paso en la última modorra. A solas, sabiéndose realmente a solas en esa cama y en esa pieza, en ese día que empezaba en otra dirección, Liliana podría llorar abrazada a la almohada sin que vinieran a calmarla, dejándola agotar el llanto hasta el final, y sólo mucho después, con un semisueño de engaño reteniéndola en el ovillo de las sábanas, el hueco del día empezaría a llenarse de café, de cortinas corridas, de la tía Zulema, de la voz del Pocho telefoneando desde la quinta con noticias sobre los girasoles y los caballos, un bagre pescado después de ruda lucha, una astilla en la mano pero no era grave, le habían puesto el remedio de don Contreras que era lo mejor para esas cosas. Y Alfredo esperando en el living con el diario en la mano diciéndole que mamá había dormido bien y que Ramos vendría a las doce, proponiéndole ir por la tarde a verlo al Pocho, con ese sol valía la pena correrse hasta la quinta y en una de esas hasta podían llevarla a mamá, le haría bien el aire del campo, a lo mejor quedarse el fin de semana en la quinta, y por qué no todos, con el Pocho que estaría tan contento teniéndolos allí. Aceptar o no daba lo mismo, todos lo sabían y esperaban las respuestas que las cosas y el paso de la mañana iban dando, entrar pasivamente en el almuerzo o en un comentario sobre las huelgas de los textiles, pedir más café y contestar el teléfono que en algún momento habían tenido que conectar, el telegrama del suegro en el extranjero, un choque estrepitoso en la esquina, gritos y pitadas, la ciudad ahí afuera, las dos y media, irse con mamá y Alfredo a la quinta porque en una de esas la astilla en la mano, nunca se sabe con los chicos, Alfredo tranquilizándolas en el volante, don Contreras era más seguro que un médico para esas cosas, las calles de Ramos Mejía y el sol como un jarabe hirviendo hasta el refugio en las grandes piezas encaladas, el mate de las cinco y el Pocho con su bagre que empezaba a oler pero tan lindo, tan grande, qué pelea sacarlo del arroyo, mamá, casi me corta el hilo, te juro, mirá qué dientes. Como estar hojeando un álbum o viendo una película, las imágenes y las palabras una tras otra rellenando el vacío, ahora va a ver lo que es el asado de tira de la Carmen, señora, livianito y tan sabroso, una ensalada de lechuga y ya está, no hace falta más, con este calor más vale comer poco, traé el insecticida porque a esta hora los mosquitos. Y Alfredo ahí callado pero el Pocho, su mano palmeándolo al Pocho, vos viejo sos el campeón de la pesca, mañana vamos juntos tempranito y en una de esas quién te dice, me contaron de un paisano que pescó uno de dos kilos. Aquí bajo el alero se está bien, mamá puede dormir un rato en la mecedora si quiere, don Contreras tenía razón, ya no tenés nada en la mano, mostranos cómo lo montás al petiso tobiano, mirá mamá, mirame cuando galopo, por qué no venís con nosotros a pescar mañana, yo te enseño, vas a ver, el viernes con un sol rojo y los bagrecitos, la carrera entre el Pocho y el chico de don Contreras, el puchero a mediodía y mamá ayudando despacito a pelar los choclos, aconsejando sobre la hija de la Carmen que estaba con esa tos rebelde, la siesta en las piezas desnudas que olían a verano, la oscuridad contra las sábanas un poco ásperas, el atardecer bajo el alero y la fogata contra los mosquitos, la cercanía nunca manifiesta de Alfredo, esa manera de estar ahí y ocuparse del Pocho, de que todo fuera cómodo, hasta el silencio que su voz rompía siempre a tiempo, su mano ofreciendo un vaso de refresco, un pañuelo, encendiendo la radio para escuchar el noticioso, las huelgas y Nixon, era previsible, qué país.

El fin de semana y en la mano del Pocho apenas una marca de la astilla, volvieron a Buenos Aires el lunes muy temprano para evitar el calor, Alfredo los dejó en la casa para irse a recibir al suegro, Ramos también estaba en Ezeiza y Fernandito, que ayudó en esas horas del encuentro porque era bueno que hubiera otros amigos en la casa, Acosta a las nueve con su hija que podía jugar con el Pocho en el piso de la tía Zulema, todo se iba dando más amortiguado, volver atrás pero de otra manera, con Liliana obligándose a pensar en los viejos más que en ella, controlándose, y Alfredo entre ellos con Acosta y Fernandito desviando los tiros directos, cruzándose para ayudar a Liliana, para convencerlo al viejo de que descansara después de tamaño viaje, yéndose de a uno hasta que solamente Alfredo y la tía Zulema, la casa callada, Liliana aceptando una pastilla, dejándose llevar a la cama sin haber aflojado una sola vez, durmiéndose casi de golpe como después de algo cumplido hasta lo último. Por la mañana eran las carreras del Pocho en el living, arrastrar de las zapatillas del viejo, la primera llamada telefónica, casi siempre Clotilde o Ramos, mamá quejándose del calor o la humedad, hablando del almuerzo con la tía Zulema, a las seis Alfredo, a veces el Pincho con su hermana o Acosta para que el Pocho jugara con su hija, los colegas del laboratorio que reclamaban a Liliana, había que volver a trabajar y no seguir encerrada en la casa, que lo hiciera por ellos, estaban faltos de químicos y Liliana era necesaria, que viniera medio día en todo caso hasta que se sintiera con más ánimo; Alfredo la llevó la primera vez, Liliana no tenía ganas de manejar, después no quiso ser molesta y sacó el auto, a veces salía con el Pocho por la tarde, lo llevaba al zoológico o al cine, en el laboratorio le agradecían que les diera una mano con las nuevas vacunas, un brote epidémico en el litoral, quedarse hasta tarde trabajando, tomándole gusto, una carrera en equipo contra el reloj, veinte cajones de ampollas a Rosario, lo hicimos, Liliana, te portaste, vieja. Ver irse el verano en plena tarea, el Pocho en el colegio y Alfredo protestando, a estos chicos les enseñan de otra manera la aritmética, me hace cada pregunta que me deja tieso, y los viejos con el dominó, en nuestros tiempos todo era diferente, Alfredo, nos enseñaban caligrafía y mire la letra que tiene este chico, adónde vamos a parar. La recompensa silenciosa de mirarla a Liliana perdida en un sofá, una simple ojeada por encima del diario y verla sonreír, cómplice sin palabras, dándole la razón a los viejos, sonriéndole desde lejos casi como una chiquilina. Pero por primera vez una sonrisa de verdad, desde adentro como cuando fueron al circo con el Pocho que había mejorado en el colegio y lo llevaron a tomar helados, a pasear por el puerto. Empezaban los grandes fríos, Alfredo iba menos seguido a la casa porque había problemas sindicales y tenía que viajar a las provincias, a veces venía Acosta con su hija y los domingos el Pincho o Fernandito, ya no importaba, todo el mundo tenía tanto que hacer y los días eran cortos, Liliana volvía tarde del laboratorio y le daba una mano al Pocho perdido en los decimales y la cuenca del Amazonas, al final y siempre Alfredo, los regalitos para los viejos, esa tranquilidad nunca dicha de sentarse con él cerca del fuego ya tarde y hablar en voz baja de los problemas del país, de la salud de mamá, la mano de Alfredo apoyándose en el brazo de Liliana, te cansás demasiado, no tenés buena cara, la sonrisa agradecida negando, un día iremos a la quinta, este frío no puede durar toda la vida, nada podía durar toda la vida aunque Liliana lentamente retirara el brazo y buscara los cigarrillos en la mesita, las palabras casi sin sentido, los ojos encontrándose de otra manera hasta que de nuevo la mano resbalando por el brazo, las cabezas juntándose y el largo silencio, el beso en la mejilla.

No había nada que decir, había ocurrido así y no había nada que decir. Inclinándose para encenderle el cigarrillo que le temblaba entre los dedos, simplemente esperando sin hablar, acaso sabiendo que no habría palabras, que Liliana haría un esfuerzo para tragar el humo y lo dejaría salir con un quejido, que empezaría a llorar ahogadamente, desde otro tiempo, sin separar la cara de la cara de Alfredo, sin negarse y llorando callada, ahora solamente para él, desde todo lo otro que él comprendería. Inútil murmurar cosas tan sabidas, Liliana llorando era el término, el borde desde donde iba a empezar otra manera de vivir. Si calmarla, si devolverla a la tranquilidad hubiera sido tan simple como escribirlo con las palabras alineándose en un cuaderno como segundos congelados, pequeños dibujos del tiempo para ayudar el paso interminable de la tarde, si solamente fuera eso pero la noche llega y también Ramos, increíblemente la cara de Ramos mirando los análisis apenas terminados, buscándome el pulso, de golpe otro, incapaz de disimular, arrancándome las sábanas para mirarme desnudo, palpándome el costado, con una orden incomprensible a la enfermera, un lento, incrédulo reconocimiento al que asisto como desde lejos, casi divertido, sabiendo que no puede ser, que Ramos se equivoca y que no es verdad, que sólo era verdad lo otro, el plazo que no me había ocultado, y la risa de Ramos, su manera de palparme como si no pudiera admitirlo, su absurda esperanza, esto no me lo va a creer nadie, viejo, y yo forzándome a reconocer que a lo mejor es así, que en una de esas vaya a saber, mirándolo a Ramos que se endereza y se vuelve a reír y suelta órdenes con una voz que nunca le había oído en esa penumbra y esa modorra, teniendo que convencerme poco a poco de que sí, de que entonces voy a tener que pedírselo, apenas se vaya la enfermera voy a tener que pedirle que espere un poco, que espere por lo menos a que sea de día antes de decírselo a Liliana, antes de arrancarla a ese sueño en el que por primera vez no está más sola, a esos brazos que la aprietan mientras duerme.

Los pasos en las huellas

Crónica algo tediosa, estilo de ejercicio más que ejercicio de estilo de un, digamos, Henry James que hubiera tomado mate en cualquier patio porteño o platense de los años veinte.

Jorge Fraga acababa de cumplir cuarenta años cuando decidió estudiar la vida y la obra del poeta Claudio Romero.

La cosa nació de una charla de café en la que Fraga y sus amigos tuvieron que admitir una vez más la incertidumbre que envolvía la persona de Romero. Autor de tres libros apasionadamente leídos y envidiados, que le habían traído una celebridad efímera en los años posteriores al Centenario, la imagen de Romero se confundía con sus invenciones, padecía de la falta de una crítica sistemática y hasta de una iconografía satisfactoria. Aparte de artículos parsimoniosamente laudatorios en las revistas de la época, y de un libro cometido por un entusiasta profesor santafesino para quien el lirismo suplía las ideas, no se había intentado la menor indagación de la vida o la obra del poeta. Algunas anécdotas, fotos borrosas; el resto era leyenda para tertulias y panegíricos en antologías de vagos editores. Pero a Fraga le había llamado la atención que mucha gente siguiera leyendo los versos de Romero con el mismo fervor que los de Carriego o Alfonsina Storni. Él mismo los había descubierto en los años del bachillerato, y a pesar del tono adocenado y las imágenes desgastadas por los epígonos, los poemas del *vate platense* habían sido una de las experiencias decisivas de su juventud, como Almafuerte o Carlos de la Púa. Sólo más tarde, cuando ya era conocido como crítico y ensayista, se le ocurrió pensar seriamente en la obra de Romero y no tardó en darse cuenta de que casi nada se sabía de su sentido más personal y quizá más profundo. Frente a los versos de otros buenos poetas de comienzos de siglo, los de Claudio Romero se distinguían por una calidad especial, una resonancia menos enfática que le ganaba en seguida la confianza de los jóvenes, hartos de tropos altisonantes y evocaciones ripiosas. Cuando hablaba de sus poemas con alumnos o amigos, Fraga llegaba a preguntarse si el misterio no sería en el fondo lo que prestigiaba esa poesía de claves oscuras, de intenciones evasivas. Acabó por irritarlo la facilidad con que la ignorancia favorece la admiración; después de todo la poesía de Claudio Romero era demasiado alta como para que un mejor conocimiento de su génesis la menoscabara. Al salir de una de esas reuniones de café donde se había hablado de Romero con la habitual vaguedad admirativa, sintió como una obligación de ponerse a trabajar en serio sobre el poeta. También sintió que no debería quedarse en un mero ensayo con propósitos filológicos o estilísticos como casi todos los que llevaba escritos. La noción de una biografía en el sentido más alto se le impuso desde el principio: el hombre, la tierra y la obra debían surgir de una sola vivencia, aunque la empresa pareciera imposible en tanta niebla de tiempo. Terminada la etapa del fichero, sería necesario alcanzar la síntesis, provocar impensablemente el encuentro del poeta y su perseguidor; sólo ese contacto devolvería a la obra de Romero su razón más profunda.

Cuando decidió emprender el estudio, Fraga entraba en un momento crítico de su vida. Cierto prestigio académico le había valido un cargo de profesor adjunto en la universidad y el respeto de un pequeño grupo de lectores y alumnos. Al mismo tiempo una reciente tentativa para lograr el apoyo oficial que le permitiera trabajar en algunas bibliotecas de Europa había fracasado por razones de política burocrática. Sus publicaciones no eran de las que abren sin golpear las puertas de los ministerios. El novelista de moda, el crítico de la columna literaria podían permitirse más que él. A Fraga no se le ocultó que si su libro sobre Romero tenía éxito, los problemas más mezquinos se resolverían por sí solos. No era ambicioso pero lo irritaba verse postergado por los escribas del momento. También Claudio Romero, en su día, se había quejado altivamente de que el rimador de salones elegantes mereciera el cargo diplomático que a él se le negaba.

Durante dos años y medio reunió materiales para el libro. La tarea no era difícil, pero sí prolija y en algunos casos aburrida. Incluyó viajes a Pergamino, a Santa Cruz y a Mendoza, correspondencia con bibliotecarios y archivistas, examen de colecciones de periódicos y revistas, compulsa de textos, estudios paralelos de las corrientes literarias de la época. Hacia fines de 1954 los elementos centrales del libro estaban recogidos y valorados, aunque Fraga no había escrito todavía una sola palabra del texto.

Mientras insertaba una nueva ficha en la caja de cartón negro, una noche de septiembre, se preguntó si estaría en condiciones de emprender la tarea. No lo preocupaban los obstáculos; más bien era lo contrario, la facilidad de echar a correr sobre un campo suficientemente conocido. Los datos estaban ahí, y nada importante saldría ya de las gavetas o las memorias de los argentinos de su tiempo. Había recogido noticias y hechos aparentemente desconocidos, que perfeccionarían la imagen de Claudio Romero y su poesía. El único problema era el de no equivocar el enfoque central, las líneas de fuga y la composición del conjunto.

«Pero esa imagen, ¿es lo bastante clara para mí?», se preguntó Fraga mirando la brasa de su cigarrillo. «Las afinidades entre Romero y yo, nuestra común preferencia por ciertos valores estéticos y poéticos, eso que vuelve fatal la elección del tema por parte del biógrafo, ¿no me hará incurrir más de una vez en una autobiografía disimulada?».

A eso podía contestar que no le había sido dada ninguna capacidad creadora, que no era un poeta sino un gustador de poesía, y que sus facultades se afirmaban en la crítica, en la delectación que acompaña el conocimiento. Bastaría una actitud alerta, una vigilia afrontada a la sumersión en la obra del poeta, para evitar toda transfusión indebida. No tenía por qué desconfiar de su simpatía por Claudio Romero y de la fascinación de sus poemas. Como en los buenos aparatos fotográficos, habría que establecer la corrección necesaria para que el sujeto quedara exactamente encuadrado, sin que la sombra del fotógrafo le pisara los pies.

Ahora que lo esperaba la primera cuartilla en blanco como una puerta que de un momento a otro sería necesario empezar a abrir, volvió a preguntarse si sería capaz de escribir el libro tal como lo había imaginado. La biografía y la crítica podían derivar peligrosamente a la facilidad, apenas se las orientaba hacia ese tipo de lector que espera de un libro el equivalente del cine o de André Maurois. El problema consistía en no sacrificar ese anónimo y multitudinario consumidor que sus amigos socialistas llamaban «el pueblo», a la satisfacción erudita de un puñado de colegas. Hallar el ángulo que permitiera escribir un libro de lectura apasionante sin caer en recetas de *bestseller*; ganar simultáneamente el respeto del mundo académico y el entusiasmo del hombre de la calle que quiere entretenerse en un sillón el sábado por la noche.

Era un poco la hora de Fausto, el momento del pacto. Casi al alba, el cigarrillo consumido, la copa de vino en la mano indecisa. *El vino, como un guante de tiempo*, había escrito Claudio Romero en alguna parte.

«Por qué no», se dijo Fraga, encendiendo otro cigarrillo. «Con todo lo que sé de él ahora, sería estúpido que me quedara en un mero ensayo, en una edición de trescientos ejemplares. Juárez o Riccardi pueden hacerlo tan bien como yo. Pero nadie sabe nada de Susana Márquez».

Una alusión del juez de paz de Bragado, hermano menor de un difunto amigo de Claudio Romero, lo había puesto sobre la pista. Alguien que trabajaba en el registro civil de La Plata le facilitó, después de no pocas búsquedas, una dirección en Pilar. La hija de Susana Márquez era una mujer de unos treinta años, pequeña y dulce. Al principio se negó a hablar, pretextando que tenía que cuidar el negocio (una verdulería); después aceptó que Fraga pasara a la sala, se sentara en una silla polvorienta y le hiciera preguntas. Al principio lo miraba sin contestarle; después lloró un poco, se pasó el pañuelo por los ojos y habló de su pobre madre. A Fraga le resultaba difícil darle a entender que ya sabía algo de la relación entre Claudio Romero y Susana, pero acabó por decirse que el amor de un poeta bien vale una libreta de casamiento, y lo insinuó con la debida delicadeza. A los pocos minutos de echar flores en el camino la vio venir hacia él, totalmente convencida y hasta emocionada. Un momento después tenía entre las manos una extraordinaria foto de Romero, jamás publicada, y otra más pequeña y amarillenta, donde al lado del poeta se veía a una mujer tan menuda y de aire tan dulce como su hija.

—También guardo unas cartas —dijo Raquel Márquez—. Si a usted le pueden servir, ya que dice que va a escribir sobre él...

Buscó largo rato, eligiendo entre un montón de papeles que había sacado de un musiquero, y acabó alcanzándole tres cartas que Fraga se guardó sin leer después de asegurarse que eran de puño y letra de Romero. Ya a esa altura de la conversación estaba seguro de que Raquel no era hija del poeta, porque a la primera insinuación la vio bajar la cabeza y quedarse un rato callada, como pensando. Después explicó que su madre se había casado más tarde con un militar de Balcarce («el pueblo de Fangio», dijo, casi como si fuera una prueba), y que ambos habían muerto cuando ella tenía solamente ocho años. Se acordaba muy bien de su madre, pero no mucho del padre. Era un hombre severo, eso sí.

Cuando Fraga volvió a Buenos Aires y leyó las tres cartas de Claudio Romero a Susana, los fragmentos finales del mosaico parecieron insertarse bruscamente en su lugar, revelando una composición total inesperada, el drama que la ignorancia y la mojigatería de la generación del poeta no habían sospechado siquiera. En 1917 Romero había publicado la serie de poemas dedicados a Irene Paz, entre los que figuraba la célebre *Oda a tu nombre doble* que la crítica había proclamado el más hermoso poema de amor jamás escrito en la Argentina. Y sin embargo, un año antes de la aparición del libro, otra mujer había recibido esas tres cartas donde imperaba el tono que definía la mejor poesía de Romero, mezcla de exaltación y desasimiento, como de alguien que fuese a la vez motor y sujeto de la acción, protagonista y coro. Antes de leer las cartas Fraga había sospechado la usual correspondencia amorosa, los espejos cara a cara aislando y petrificando su reflejo sólo para ellos importante. En cambio descubría en cada párrafo la reiteración del mundo de Romero, la riqueza de una visión totalizante del amor. No sólo su pasión por Susana Márquez no lo recortaba del mundo sino que a cada línea se sentía latir una realidad que agigantaba a la amada, justificación y exigencia de una poesía batallando en plena vida.

La historia en sí era simple. Romero había conocido a Susana en un desvaído salón literario de La Plata, y el principio de su relación coincidió con un eclipse casi total del poeta, que sus parvos biógrafos no se explicaban o atribuían a los primeros amagos de la tisis que había de matarlo dos años después. Las noticias sobre Susana habían escapado a todo el mundo, como convenía a su borrosa imagen, a los grandes ojos asustados que miraban fijamente desde la vieja fotografía. Maestra normal sin puesto, hija única de padres viejos y pobres, carente de amigos que pudieran interesarse por ella, su simultáneo eclipse de las tertulias platenses había coincidido con el periodo más dramático de la guerra europea, otros intereses públicos, nuevas voces literarias. Fraga podía considerarse afortunado por haber oído la indiferente alusión de un juez de paz de campaña; con ese hilo entre los dedos llegó a ubicar la lúgubre casa de Burzaco donde Romero y Susana habían vivido casi dos años; las cartas que le había confiado Raquel Márquez correspondían al final de ese periodo. La primera, fechada en La Plata, se refería a una correspondencia anterior en la que se había tratado de su matrimonio con Susana. El poeta confesaba su angustia por sentirse enfermo, y su resistencia a casarse con quien tendría que ser una enfermera antes que una esposa. La segunda carta era admirable, la pasión cedía terreno a una conciencia de una pureza casi insoportable, como si Romero luchara por despertar en su amante una lucidez análoga que hiciera menos penosa la ruptura necesaria. Una frase lo resumía todo: «Nadie tiene por qué saber de nuestra vida, y yo te ofrezco la libertad con el silencio. Libre, serás aún más mía para la eternidad. Si nos casáramos, me sentiría tu verdugo cada vez que entraras en mi cuarto con una flor en la mano». Y agregaba duramente: «No quiero toserte en la cara, no quiero que seques mi sudor. Otro cuerpo has conocido, otras rosas te he dado. Necesito la noche para mí solo, no te dejaré verme llorar». La tercera carta era más serena, como si Susana hubiera empezado a aceptar el sacrificio del poeta. En alguna parte se decía: «Insistes en que te magnetizo, en que te obligo a hacer mi voluntad... Pero mi voluntad es tu futuro, déjame sembrar estas semillas que me consolarán de una muerte estúpida».

En la cronología establecida por Fraga, la vida de Claudio Romero entraba a partir de ese momento en una etapa monótona, de reclusión casi continua en casa de sus padres. Ningún otro testimonio permitía suponer que el poeta y Susana Márquez habían vuelto a encontrarse, aunque tampoco pudiera afirmarse lo contrario; sin embargo, la mejor prueba de que el renunciamiento de Romero se había consumado, y que Susana había debido preferir finalmente la libertad antes que condenarse junto al enfermo, la constituía el ascenso del nuevo y resplandeciente planeta en el cielo de la poesía de Romero. Un año después de esa correspondencia y esa renuncia, una revista de Buenos Aires publicaba la *Oda a tu nombre doble*, dedicada a Irene Paz. La salud de Romero parecía haberse afirmado y el poema, que él mismo había leído en algunos salones, le trajo de golpe la gloria que su obra anterior preparaba casi secretamente. Como Byron, pudo decir que una mañana se había despertado para descubrir que era célebre, y no dejó de decirlo. Pero contra lo que hubiera podido esperarse, la pasión del poeta por Irene Paz no fue correspondida, y a juzgar por una serie de episodios mundanos contradictoriamente narrados o juzgados por los ingenios de la época, el prestigio personal del poeta descendió bruscamente, obligándolo a retraerse otra vez en casa de sus padres, alejado de amigos y admiradores. De esa época databa su último libro de poemas. Una hemoptisis brutal lo había sorprendido en plena calle pocos meses después, y Romero había muerto tres semanas más tarde. Su entierro había reunido a un grupo de escritores, pero por el tono de las oraciones fúnebres y las crónicas era evidente que el mundo al que pertenecía Irene Paz no había estado presente ni había rendido el homenaje que hubiera cabido esperar en esa circunstancia.

A Fraga no le resultaba difícil comprender que la pasión de Romero por Irene Paz había debido halagar y escandalizar en igual medida al mundo aristocrático platense y porteño. Sobre Irene no había podido hacerse una idea clara; de su hermosura informaban las fotos de sus veinte años, pero el resto eran meras noticias de las columnas de sociales. Fiel heredera de las tradiciones de los Paz, cabía imaginar su actitud frente a Romero; debió encontrarlo en alguna tertulia que los suyos ofrecían de tiempo en tiempo para escuchar a los que llamaban, marcando las comillas con la voz, los «artistas» y los «poetas» del momento. Si la *Oda* la halagó, si la admirable invocación inicial le mostró como un relámpago la verdad de una pasión que la reclamaba contra todos los obstáculos, sólo quizá Romero pudo saberlo, y aun eso no era seguro. Pero en este punto Fraga entendía que el problema dejaba de ser tal y que perdía toda importancia. Claudio Romero había sido demasiado lúcido para imaginar un solo instante que su pasión sería correspondida. La distancia, las barreras de todo orden, la inaccesibilidad total de Irene secuestrada en la doble prisión de su familia y de sí misma, espejo fiel de la casta, la hacían desde un comienzo inalcanzable. El tono de la *Oda* era inequívoco e iba mucho más allá de las imágenes corrientes de la poesía amorosa. Romero se llamaba a sí mismo «el Ícaro de tus pies de miel» —imagen que le había valido las burlas de un aristarco de *Caras y Caretas*—, y el poema no era más que un salto supremo en pos del ideal imposible y por eso más bello, el ascenso a través de los versos en un vuelo desesperado hacia el sol que iba a quemarlo y a precipitarlo en la muerte. Incluso el retiro y el silencio final del poeta se asemejaban punzantemente a las fases de una caída, de un retorno lamentable a la tierra que había osado abandonar por un sueño superior a sus fuerzas.

«Sí», pensó Fraga, sirviéndose otra copa de vino, «todo coincide, todo se ajusta; ahora no hay más que escribirlo».

El éxito de la *Vida de un poeta argentino* sobrepasó todo lo que habían podido imaginar el autor y los editores. Apenas comentado en las primeras semanas, un inesperado artículo en *La Razón* despertó a los porteños de su pachorra cautelosa y los incitó a una toma de posición que pocos se negaron a asumir. *Sur, La Nación*, los mejores diarios de las provincias, se apoderaron del tema del momento que invadió en seguida las charlas de café y las sobremesas. Dos violentas polémicas (acerca de la influencia de Darío en Romero, y una cuestión cronológica) se sumaron para interesar al público. La primera edición de la *Vida* se agotó en dos meses; la segunda, en un mes y medio. Obligado por las circunstancias y las ventajas que se le ofrecían, Fraga consintió en una adaptación teatral y otra radiofónica. Se llegó a ese momento en que el interés y la novedad en torno a una obra alcanzan el ápice temible tras del cual se agazapa ya el desconocido sucesor; certeramente, y como si se propusiera reparar una injusticia, el Premio Nacional se abrió paso hasta Fraga por la vía de dos amigos que se adelantaron a las llamadas telefónicas y al coro chillón de las primeras felicitaciones. Riendo, Fraga recordó que la atribución del Premio Nobel no le había impedido a Gide irse esa misma noche a ver una película de Fernandel; quizá por eso le divirtió aislarse en casa de un amigo y evitar la primera avalancha del entusiasmo colectivo con una tranquilidad que su mismo cómplice en el amistoso secuestro encontró excesiva y casi hipócrita. Pero en esos días Fraga andaba caviloso, sin explicarse por qué nacía en él como un deseo de soledad, de estar al margen de su figura pública que por vía fotográfica y radiofónica ganaba los extramuros, ascendía a los círculos provincianos y se hacía presente en los medios extranjeros. El Premio Nacional no era una sorpresa, apenas una reparación. Ahora vendría el resto, lo que en el fondo lo había animado a escribir la *Vida*. No se equivocaba: una semana más tarde el ministro de Relaciones Exteriores lo recibía en su casa («los diplomáticos sabemos que a los buenos escritores no les interesa el aparato oficial») y le proponía un cargo de agregado cultural en Europa. Todo tenía un aire casi onírico, iba de tal modo contra la corriente que Fraga tenía que esforzarse por aceptar de lleno el ascenso en la escalinata de los honores; peldaño tras peldaño, partiendo de las primeras reseñas, de la sonrisa y los abrazos del editor, de las invitaciones de los ateneos y círculos, llegaba ya al rellano desde donde, apenas inclinándose, podía alcanzar la totalidad del salón mundano, alegóricamente dominarlo y escudriñarlo hasta su último rincón, hasta la última corbata blanca y la última chinchilla de los protectores de la literatura entre bocado y bocado de foie-gras y Dylan Thomas. Más allá —o más acá, dependía del ángulo de visión, del estado de ánimo momentáneo— veía también la multitud humilde y aborregada de los devoradores de revistas, de los telespectadores y radioescuchas, del montón que un día sin saber cómo ni por qué se somete al imperativo de comprar un lavarropas o una novela, un objeto de ochenta pies cúbicos o trescientas dieciocho páginas, y lo compra, lo compra inmediatamente haciendo cualquier sacrificio, lo lleva a su casa donde la señora y los hijos esperan ansiosos porque ya la vecina lo tiene, porque el comentarista de moda en Radio El Mundo ha vuelto a encomiarlo en su audición de las once y cincuenta y cinco. Lo asombroso había sido que su libro ingresara en el catálogo de las cosas que hay que comprar y leer, después de tantos años en que la vida y la obra de Claudio Romero habían sido una mera manía de intelectuales, es decir de casi nadie. Pero cuando una y otra vez volvía a sentir la necesidad de quedarse a solas y pensar en lo que estaba ocurriendo (ahora era la semana de los contactos con productores cinematográficos), el asombro inicial cedía a una expectativa desasosegada de no sabía qué. Nada podía ocurrir que no fuera otro peldaño de la escalera de honor, salvo el día inevitable en que, como en los puentes de jardín, al último peldaño ascendente siguiera el primero del descenso, el camino respetable hacia la saciedad del público y su viraje en busca de emociones nuevas. Cuando tuvo que aislarse para preparar su discurso de recepción del Premio Nacional, la síntesis de las vertiginosas experiencias de esas semanas se resumía en una satisfacción irónica por lo que su triunfo tenía de desquite, mitigada por ese desasosiego inexplicable que por momentos subía a la superficie y buscaba proyectarlo hacia un territorio al que su sentido del equilibrio y del humor se negaban resueltamente. Creyó que la preparación de la conferencia le devolvería el placer del trabajo, y se fue a escribirla a la quinta de Ofelia Fernández, donde estaría tranquilo. Era el final del verano, el parque tenía ya los colores del otoño que le gustaba mirar desde el porche mientras charlaba con Ofelia y acariciaba a los perros. En una habitación del primer piso lo esperaban sus materiales de trabajo; cuando levantó la tapa del fichero principal, recorriéndolo distraídamente como un pianista que preludia, Fraga se dijo que todo estaba bien, que a pesar de la vulgaridad inevitable de todo triunfo literario en gran escala, la *Vida* era un acto de justicia, un homenaje a la raza y a la patria. Podía sentarse a escribir su conferencia, recibir el premio, preparar el viaje a Europa. Fechas y cifras se mezclaban en su memoria con cláusulas de contratos e invitaciones a comer. Pronto entraría Ofelia con un frasco de jerez, se acercaría silenciosa y atenta, lo miraría trabajar. Sí, todo estaba bien. No había más que tomar una cuartilla, orientar la luz, encender un habano oyendo a la distancia el grito de un tero.

Nunca supo exactamente si la revelación se había producido en ese momento o más tarde, después de hacer el amor con Ofelia, mientras fumaban de espaldas en la cama mirando una pequeña estrella verde en lo alto del ventanal.

La invasión, si había que llamarla así (pero su verdadero nombre o naturaleza no importaban), pudo coincidir con la primera frase de la conferencia, redactada velozmente hasta un punto en que se había interrumpido de golpe, reemplazada, barrida por algo como un viento que le quitaba de golpe todo sentido. El resto había sido un largo silencio, pero tal vez ya todo estaba sabido cuando bajó de la sala, sabido e informulado, pesando como un dolor de cabeza o un comienzo de gripe. Inapresablemente, en un momento indefinible, el peso confuso, el viento negro se habían resuelto en certidumbre: la *Vida* era falsa, la historia de Claudio Romero nada tenía que ver con lo que había escrito. Sin razones, sin pruebas: todo falso. Después de años de trabajo, de compulsar datos, de seguir pistas, de evitar excesos personales: todo falso. Claudio Romero no se había sacrificado por Susana Márquez; no le había devuelto la libertad a costa de su renuncia, no había sido el Ícaro de los pies de miel de Irene Paz. Como si nadara bajo el agua, incapaz de volver a la superficie, azotado por el fragor de la corriente en sus oídos, sabía la verdad. Y no era suficiente como tortura; detrás, más abajo todavía, en un agua que, ya era barro y basura, se arrastraba la certidumbre de que la había sabido desde el primer momento. Inútil encender otro cigarrillo, pensar en la neurastenia, besar los finos labios que Ofelia le ofrecía en la sombra. Inútil argüir que la excesiva consagración a su héroe podía provocar esa alucinación momentánea, ese rechazo por exceso de entrega. Sentía la mano de Ofelia acariciando su pecho, el calor entrecortado de su respiración. Inexplicablemente se durmió.

Por la mañana miró el fichero abierto, los papeles, y le fueron más ajenos que las sensaciones de la noche. Abajo, Ofelia se ocupaba de telefonear a la estación para averiguar la combinación de trenes. Llegó a Pilar a eso de las once y media, y fue directamente a la verdulería. La hija de Susana lo recibió con un curioso aire de resentimiento y adulación simultáneos, como de perro después de un puntapié. Fraga le pidió que le concediera cinco minutos, y volvió a entrar en la sala polvorienta y a sentarse en la misma silla con funda blanca. No tuvo que hablar mucho porque la hija de Susana, después de secarse unas lágrimas, empezó a aprobar con la cabeza gacha, inclinándose cada vez más hacia adelante.

—Sí, señor, es así. Sí, señor.

—¿Por qué no me lo dijo la primera vez?

Era difícil explicar por qué no se lo había dicho la primera vez. Su madre le había hecho jurar que nunca se referiría a ciertas cosas, y como después se había casado con el suboficial de Balcarce, entonces... Casi había pensado en escribirle cuando empezaron a hablar tanto del libro sobre Romero, porque...

Lo miraba perpleja, y de cuando en cuando le caía una lágrima hasta la boca.

—¿Y cómo supo? —dijo después.

—No se preocupe por eso —dijo Fraga—. Todo se sabe alguna vez.

—Pero usted escribió tan distinto en el libro. Yo lo leí, sabe. Lo tengo y todo.

—La culpa de que sea tan distinto es suya. Hay otras cartas de Romero a su madre. Usted me dio las que le convenían, las que hacían quedar mejor a Romero y de paso a su madre. Necesito las otras, ahora mismo. Démelas.

—Es solamente una —dijo Raquel Márquez—. Pero mamá me hizo jurar, señor.

—Si la guardó sin quemarla es porque no le importaba tanto. Démela. Se la compro.

—Señor Fraga, no es por eso que no se la doy...

—Tome —dijo brutalmente Fraga—. No será vendiendo zapallos que va a sacar esta suma.

Mientras la miraba inclinarse sobre el musiquero, revolviendo papeles, pensó que lo que sabía ahora ya lo había sabido (de otra manera, quizá, pero lo había sabido) el día de su primera visita a Raquel Márquez. La verdad no lo tomaba completamente de sorpresa, y ahora podía juzgarse retrospectivamente y preguntarse, por ejemplo, por qué había abreviado de tal modo su primera entrevista con la hija de Susana, por qué había aceptado las tres cartas de Romero como si fuesen las únicas, sin insistir, sin ofrecer algo en cambio, sin ir hasta el fondo de lo que Raquel sabía y callaba. «Es absurdo», pensó. «En ese momento yo no podía saber que Susana había llegado a ser una prostituta por culpa de Romero». Pero por qué, entonces, había abreviado deliberadamente su conversación con Raquel, dándose por satisfecho con las fotos y las tres cartas. «Oh sí, lo sabía, vaya a saber cómo pero lo sabía, y escribí el libro sabiéndolo, y quizá también los lectores lo saben, y la crítica lo sabe, y todo es una inmensa mentira en la que estamos metidos hasta el último...». Pero era fácil salirse por la vía de las generalizaciones, no aceptar más que una pequeña parte de la culpa. También mentira: no había más que un culpable, él.

La lectura de la carta fue una mera sobreimpresión de palabras en algo que Fraga ya conocía desde otro ángulo y que la prueba epistolar sólo podía reforzar en caso de polémica. Caída la máscara, un Claudio Romero casi feroz asomaba en esas frases terminantes, de una lógica irreplicable. Condenando de hecho a Susana al sucio menester que habría de arrastrar en sus últimos años, y al que se aludía explícitamente en dos pasajes, le imponía para siempre el silencio, la distancia y el odio, la empujaba con sarcasmos y amenazas hacia una pendiente que él mismo había debido preparar en dos años de lenta, minuciosa corrupción. El hombre que se había complacido en escribir unas semanas antes: «Necesito la noche para mí solo, no te dejaré verme llorar», remataba ahora un párrafo con una alusión soez cuyo efecto debía prever malignamente, y agregaba recomendaciones y consejos irónicos, livianas despedidas interrumpidas por amenazas explícitas en caso de que Susana pretendiera verlo otra vez. Nada de eso sorprendía ya a Fraga, pero se quedó largo rato con el hombro apoyado en la ventanilla del tren, la carta en la mano, como si algo en él luchara por despertar de una pesadilla insoportablemente lenta. «Y eso explica el resto», se oyó pensar. El resto era Irene Paz, la *Oda a tu nombre doble*, el fracaso final de Claudio Romero. Sin pruebas ni razones pero con una certidumbre mucho más honda de la que podía emanar de una carta o de un testimonio cualquiera, los dos últimos años de la vida de Romero se ordenaban día a día en la memoria —si algún nombre había que darle— de quien a ojos de los pasajeros del tren de Pilar debía ser un señor que ha bebido un vermut de más. Cuando bajó en la estación eran las cuatro de la tarde y empezaba a llover. La volanta que lo traía a la quinta estaba fría y olía a cuero rancio. Cuánta sensatez había habitado bajo la altanera frente de Irene Paz, de qué larga experiencia aristocrática había nacido la negativa de su mundo. Romero había sido capaz de magnetizar a una pobre mujer, pero no tenía las alas de Ícaro que su poema pretendía. Irene, o ni siquiera ella, su madre o sus hermanos habían adivinado instantáneamente la tentativa del arribista, el salto grotesco del rastacueros que empieza por negar su origen, matándolo si es necesario (y ese crimen se llamaba Susana Márquez, una maestra normal). Les había bastado una sonrisa, rehusar una invitación, irse a la estancia, las afiladas armas del dinero y los lacayos con consignas. No se habían molestado siquiera en asistir al entierro del poeta.

Ofelia esperaba en el porche. Fraga le dijo que tenía que ponerse a trabajar en seguida. Cuando estuvo frente a la página empezada la noche anterior, con un cigarrillo entre los labios y un enorme cansancio que le hundía los hombros, se dijo que nadie sabía nada. Era como antes de escribir la *Vida*, y él seguía siendo dueño de las claves. Sonrió apenas, y empezó a escribir su conferencia. Mucho más tarde se dio cuenta de que en algún momento del viaje había perdido la carta de Romero.

Cualquiera puede leer en los archivos de los diarios porteños los comentarios suscitados por la ceremonia de recepción del Premio Nacional, en la que Jorge Fraga provocó deliberadamente el desconcierto y la ira de las cabezas bien pensantes al presentar desde la tribuna una versión absolutamente descabellada de la vida del poeta Claudio Romero. Un cronista señaló que Fraga había dado la impresión de estar indispuesto (pero el eufemismo era claro), entre otras cosas porque varias veces había hablado como si fuera el mismo Romero, corrigiéndose inmediatamente pero recayendo en la absurda aberración un momento después. Otro cronista hizo notar que Fraga tenía unas pocas cuartillas borroneadas que apenas había mirado en el curso de la conferencia, dando la sensación de ser su propio oyente, aprobando o desaprobando ciertas frases apenas pronunciadas, hasta provocar una creciente y por fin insoportable irritación en el vasto auditorio que se había congregado con la expresa intención de aplaudirlo. Otro redactor daba cuenta del violento altercado entre Fraga y el doctor Jovellanos al final de la conferencia, mientras gran parte del público hacía abandono de la sala entre exclamaciones de reprobación, y señalaba con pesadumbre que a la intimación del doctor Jovellanos en el sentido de que presentara pruebas convincentes de las temerarias afirmaciones que calumniaban la sagrada memoria de Claudio Romero, el conferenciante se había encogido de hombros, terminando por llevarse una mano a la frente como si las pruebas requeridas no pasaran de su imaginación, y por último se había quedado inmóvil, mirando el aire, tan ajeno a la tumultuosa retirada del público como a los provocativos aplausos y felicitaciones de un grupo de jovencitos y humoristas que parecían encontrar admirable esa especial manera de recibir un Premio Nacional.

Cuando Fraga llegó a la quinta dos horas después, Ofelia le tendió en silencio una larga lista de llamadas telefónicas, desde una de la Cancillería hasta otra de un hermano con el que no se trataba. Miró distraídamente la serie de nombres, algunos subrayados, otros mal escritos. La hoja se desprendió de su mano y cayó sobre la alfombra. Sin recogerla empezó a subir la escalera que llevaba a su sala de trabajo.

Mucho más tarde Ofelia lo oyó caminar por la sala. Se acostó y trató de no pensar. Los pasos de Fraga iban y venían, interrumpiéndose a veces como si por un momento se quedara parado al pie del escritorio, consultando alguna cosa. Una hora después lo oyó bajar la escalera, acercarse al dormitorio. Sin abrir los ojos, sintió el peso de su cuerpo que se dejaba resbalar de espaldas junto a ella. Una mano fría apretó su mano. En la oscuridad, Ofelia lo besó en la mejilla.

—Lo único que no entiendo —dijo Fraga, como si no le hablara a ella— es por qué he tardado tanto en saber que todo eso lo había sabido siempre. Es idiota suponer que soy un médium, no tengo absolutamente nada que ver con él. Hasta hace una semana no tenía nada que ver con él.

—Si pudieras dormir un rato —dijo Ofelia.

—No, es que tengo que encontrarlo. Hay dos cosas: eso que no entiendo, y lo que va a empezar mañana, lo que ya empezó esta tarde. Estoy liquidado, comprendés, no me perdonarán jamás que les haya puesto el ídolo en los brazos y ahora se los haga volar en pedazos. Fijate que todo es absolutamente imbécil, Romero sigue siendo el autor de los mejores poemas del año veinte. Pero los ídolos no pueden tener pies de barro, y con la misma cursilería me lo van a decir mañana mis queridos colegas.

—Pero si vos creíste que tu deber era proclamar la verdad...

—Yo no lo creí, Ofelia. Lo hice, nomás. O alguien lo hizo por mí. De golpe no había otro camino después de esa noche. Era lo único que se podía hacer.

—A lo mejor hubiera sido preferible esperar un poco —dijo temerosamente Ofelia—. Así de golpe, en la cara de...

Iba a decir: «del ministro», y Fraga oyó las palabras tan claramente como si las hubiera pronunciado. Sonrió, le acarició la mano. Poco a poco las aguas empezaban a bajar, algo todavía oscuro buscaba proponerse, definirse. El largo, angustiado silencio de Ofelia lo ayudó a sentir mejor, mirando la oscuridad con los ojos bien abiertos. Jamás comprendería por qué no había sabido antes que todo estaba sabido, si seguía negándose que también él era un canalla, tan canalla como el mismo Romero. La idea de escribir el libro había encerrado ya el propósito de una revancha social, de un triunfo fácil, de la reivindicación de todo lo que él merecía y que otros más oportunistas le quitaban. Aparentemente rigurosa, la *Vida* había nacido armada de todos los recursos necesarios para abrirse paso en las vitrinas de los libreros. Cada etapa del triunfo esperaba, minuciosamente preparada en cada capítulo, en cada frase. Su irónica, casi desencantada aceptación progresiva de esas etapas, no pasaba de una de las muchas máscaras de la infamia. Tras de la cubierta anodina de la *Vida* habían estado ya agazapándose la radio, la TV, las películas, el Premio Nacional, el cargo diplomático en Europa, el dinero y los agasajos. Sólo que algo no previsto había esperado hasta el final para descargarse sobre la máquina prolijamente montada y hacerla saltar. Era inútil querer pensar en ese algo, inútil tener miedo, sentirse poseído por el súcubo.

—No tengo nada que ver con él —repitió Fraga, cerrando los ojos—. No sé cómo ha ocurrido, Ofelia, pero no tengo nada que ver con él.

La sintió que lloraba en silencio.

—Pero entonces es todavía peor. Como una infección bajo la piel, disimulada tanto tiempo y que de golpe revienta y te salpica de sangre podrida. Cada vez que me tocaba elegir, decidir en la conducta de ese hombre, elegía el reverso, lo que él pretendía hacer creer mientras estaba vivo. Mis elecciones eran las suyas, cuando cualquiera hubiese podido descifrar otra verdad en su vida, en sus cartas, en ese último año en que la muerte lo iba acorralando y desnudando. No quise darme cuenta, no quise mostrar la verdad porque entonces, Ofelia, entonces Romero no hubiera sido el personaje que me hacía falta como le había hecho falta a él para armar la leyenda, para...

Calló, pero todo seguía ordenándose y cumpliéndose. Ahora alcanzaba desde lo más hondo su identidad con Claudio Romero, que nada tenía que ver con lo sobrenatural. Hermanos en la farsa, en la mentira esperanzada de una ascensión fulgurante, hermanos en la brutal caída que los fulminaba y destruía. Clara y sencillamente sintió Fraga que cualquiera como él sería siempre Claudio Romero, que los Romero de ayer y de mañana serían siempre Jorge Fraga. Tal como lo había temido una lejana noche de septiembre, había escrito su autobiografía disimulada. Le dieron ganas de reírse, y al mismo tiempo pensó en la pistola que guardaba en el escritorio.

Nunca supo si había sido en ese momento o más tarde que Ofelia había dicho: «Lo único que cuenta es que hoy les mostraste la verdad». No se le había ocurrido pensar en eso, evocar otra vez la hora casi increíble en que había hablado frente a caras que pasaban progresivamente de la sonrisa admirativa o cortés al entrecejo adusto, a la mueca desdeñosa, al brazo que se levanta en señal de protesta. Pero eso era lo único que contaba, lo único cierto y sólido de toda la historia; nadie podía quitarle esa hora en que había triunfado de verdad, más allá de los simulacros y sus ávidos mantenedores. Cuando se inclinó sobre Ofelia para acariciarle el pelo, le pareció como si ella fuera un poco Susana Márquez, y que su caricia la salvaba y la retenía junto a él. Y al mismo tiempo el Premio Nacional, el cargo en Europa y los honores eran Irene Paz, algo que había que rechazar y abolir si no quería hundirse del todo en Romero, miserablemente identificado hasta lo último con un falso héroe de imprenta y radioteatro.

Más tarde —la noche giraba despaciosa con su cielo hirviente de estrellas—, otras barajas se mezclaron en el interminable solitario del insomnio. La mañana traería las llamadas telefónicas, los diarios, el escándalo bien armado a dos columnas. Le pareció insensato haber pensado por un momento que todo estaba perdido, cuando bastaba un mínimo de soltura y habilidad para ganar de punta a punta la partida. Todo dependía de unas pocas horas, de algunas entrevistas. Si le daba la gana, la cancelación del premio, la negativa de la Cancillería a confirmar su propuesta, podían convertirse en noticias que lo lanzarían al mundo internacional de las grandes tiradas y las traducciones. Pero también podía seguir de espaldas en la cama, negarse a ver a nadie, recluirse meses en la quinta, rehacer y continuar sus antiguos estudios filológicos, sus mejores y ya borrosas amistades. En seis meses estaría olvidado, suplido admirablemente por el más estólido periodista de turno en la cartelera del éxito. Los dos caminos eran igualmente simples, igualmente seguros. Todo estaba en decidir. Y aunque ya estaba decidido, siguió pensando por pensar, eligiendo y dándose razones para su elección, hasta que el amanecer empezó a frotarse en la ventana, en el pelo de Ofelia dormida, y el ceibo del jardín se recortó impreciso, como un futuro que cuaja en presente, se endurece poco a poco, entra en su forma diurna, la acepta y la defiende y la condena a la luz de la mañana.

Manuscrito hallado en un bolsillo

Ahora que lo escribo, para otros esto podría haber sido la ruleta o el hipódromo, pero no era dinero lo que buscaba, en algún momento había empezado a sentir, a decidir que un vidrio de ventanilla en el metro podía traerme la respuesta, el encuentro con una felicidad, precisamente aquí donde todo ocurre bajo el signo de la más implacable ruptura, dentro de un tiempo bajo tierra que un trayecto entre estaciones dibuja y limita así, inapelablemente abajo. Digo ruptura para comprender mejor (tendría que comprender tantas cosas desde que empecé a jugar el juego) esa esperanza de una convergencia que tal vez me fuera dada desde el reflejo en un vidrio de ventanilla. Rebasar la ruptura que la gente no parece advertir aunque vaya a saber lo que piensa esa gente agobiada que sube y baja de los vagones del metro, lo que busca además del transporte esa gente que sube antes o después para bajar después o antes, que sólo coincide en una zona de vagón donde todo está decidido por adelantado sin que nadie pueda saber si saldremos juntos, si yo bajaré primero o ese hombre flaco con un rollo de papeles, si la vieja de verde seguirá hasta el final, si esos niños bajarán ahora, está claro que bajarán porque recogen sus cuadernos y sus reglas, se acercan riendo y jugando a la puerta mientras allá en el ángulo hay una muchacha que se instala para durar, para quedarse todavía muchas estaciones en el asiento por fin libre, y esa otra muchacha es imprevisible, Ana era imprevisible, se mantenía muy derecha contra el respaldo en el asiento de la ventanilla, ya estaba ahí cuando subí en la estación Étienne Marcel y un negro abandonó el asiento de enfrente y a nadie pareció interesarle y yo pude resbalar con una vaga excusa entre las rodillas de los dos pasajeros sentados en los asientos exteriores y quedé frente a Ana y casi en seguida, porque había bajado al metro para jugar una vez más el juego, busqué el perfil de Margrit en el reflejo del vidrio de la ventanilla y pensé que era bonita, que me gustaba su pelo negro con una especie de ala breve que le peinaba en diagonal la frente.

No es verdad que el nombre de Margrit o de Ana viniera después o que sea ahora una manera de diferenciarlas en la escritura, cosas así se daban decididas instantáneamente por el juego, quiero decir que de ninguna manera el reflejo en el vidrio de la ventanilla podía llamarse Ana, así como tampoco podía llamarse Margrit la muchacha sentada frente a mí sin mirarme, con los ojos perdidos en el hastío de ese interregno en el que todo el mundo parece consultar una zona de visión que no es la circundante, salvo los niños que miran fijo y de lleno en las cosas hasta el día en que les enseñan a situarse también en los intersticios, a mirar sin ver con esa ignorancia civil de toda apariencia vecina, de todo contacto sensible, cada uno instalado en su burbuja, alineado entre paréntesis, cuidando la vigencia del mínimo aire libre entre rodillas y codos ajenos, refugiándose en *France-Soir* o en libros de bolsillo aunque casi siempre como Ana, unos ojos situándose en el hueco entre lo verdaderamente mirable, en esa distancia neutra y estúpida que iba de mi cara a la del hombre concentrado en el *Figaro*. Pero entonces Margrit, si algo podía yo prever era que en algún momento Ana se volvería distraída hacia la ventanilla y entonces Margrit vería mi reflejo, el cruce de miradas en las imágenes de ese vidrio donde la oscuridad del túnel pone su azogue atenuado, su felpa morada y moviente que da a las caras una vida en otros planos, les quita esa horrible máscara de tiza de las luces municipales del vagón y sobre todo, oh sí, no hubieras podido negarlo, Margrit, las hace mirar de verdad esa otra cara del cristal porque durante el tiempo instantáneo de la doble mirada no hay censura, mi reflejo en el vidrio no era el hombre sentado frente a Ana y que Ana no debía mirar de lleno en un vagón de metro, y además la que estaba mirando mi reflejo ya no era Ana sino Margrit en el momento en que Ana había desviado rápidamente los ojos del hombre sentado frente a ella porque no estaba bien que lo mirara, y al volverse hacia el cristal de la ventanilla había visto mi reflejo que esperaba ese instante para levemente sonreír sin insolencia ni esperanza cuando la mirada de Margrit cayera como un pájaro en su mirada. Debió durar un segundo, acaso algo más porque sentí que Margrit había advertido esa sonrisa que Ana reprobaba aunque no fuera más que por el gesto de bajar la cara, de examinar vagamente el cierre de su bolso de cuero rojo; y era casi justo seguir sonriendo aunque ya Margrit no me mirara porque de alguna manera el gesto de Ana acusaba mi sonrisa, la seguía sabiendo y ya no era necesario que ella o Margrit me miraran, concentradas aplicadamente en la nimia tarea de comprobar el cierre del bolso rojo.

Como ya con Paula (con Ofelia) y con tantas otras que se habían concentrado en la tarea de verificar un cierre, un botón, el pliegue de una revista, una vez más fue el pozo donde la esperanza se enredaba con el temor en un calambre de arañas a muerte, donde el tiempo empezaba a latir como un segundo corazón en el pulso del juego; desde ese momento cada estación del metro era una trama diferente del futuro porque así lo había decidido el juego; la mirada de Margrit y mi sonrisa, el retroceso instantáneo de Ana a la contemplación del cierre de su bolso eran la apertura de una ceremonia que alguna vez había empezado a celebrar contra todo lo razonable, prefiriendo los peores desencuentros a las cadenas estúpidas de una causalidad cotidiana. Explicarlo no es difícil pero jugarlo tenía mucho de combate a ciegas, de temblorosa suspensión coloidal en la que todo derrotero alzaba un árbol de imprevisible recorrido. Un plano del metro de París define en su esqueleto mondrianesco, en sus ramas rojas, amarillas, azules y negras una vasta pero limitada superficie de subtendidos seudópodos; y ese árbol está vivo veinte horas de cada veinticuatro, una savia atormentada lo recorre con finalidades precisas, la que baja en Châtelet o sube en Vaugirard, la que en Odéon cambia para seguir a La Motte-Picquet, las doscientas, trescientas, vaya a saber cuántas posibilidades de combinación para que cada célula codificada y programada ingrese en un sector del árbol y aflore en otro, salga de las Galeries Lafayette para depositar un paquete de toallas o una lámpara en un tercer piso de la rue Gay-Lussac.

Mi regla del juego era maniáticamente simple, era bella, estúpida y tiránica, si me gustaba una mujer, si me gustaba una mujer sentada frente a mí, si me gustaba una mujer sentada frente a mí junto a la ventanilla, si su reflejo en la ventanilla cruzaba la mirada con mi reflejo en la ventanilla, si mi sonrisa en el reflejo de la ventanilla turbaba o complacía o repelía al reflejo de la mujer en la ventanilla, si Margrit me veía sonreír y entonces Ana bajaba la cabeza y empezaba a examinar aplicadamente el cierre de su bolso rojo, entonces había juego, daba exactamente lo mismo que la sonrisa fuera acatada o respondida o ignorada, el primer tiempo de la ceremonia no iba más allá de eso, una sonrisa registrada por quien la había merecido. Entonces empezaba el combate en el pozo, las arañas en el estómago, la espera con su péndulo de estación en estación. Me acuerdo de cómo me acordé ese día: ahora eran Margrit y Ana, pero una semana atrás habían sido Paula y Ofelia, la chica rubia había bajado en una de las peores estaciones, Montparnasse-Bienvenue que abre su hidra maloliente a las máximas posibilidades de fracaso. Mi combinación era con la línea de la Porte de Vanves y casi en seguida, en el primer pasillo, comprendí que Paula (que Ofelia) tomaría el corredor que llevaba a la combinación con la Mairie d'Issy. Imposible hacer nada, sólo mirarla por última vez en el cruce de los pasillos, verla alejarse, descender una escalera. La regla del juego era ésa, una sonrisa en el cristal de la ventanilla y el derecho de seguir a una mujer y esperar desesperadamente que su combinación coincidiera con la decidida por mí antes de cada viaje; y entonces —siempre, hasta ahora— verla tomar otro pasillo y no poder seguirla, obligado a volver al mundo de arriba y entrar en un café y seguir viviendo hasta que poco a poco, horas o días o semanas, la sed de nuevo reclamando la posibilidad de que todo coincidiera alguna vez, mujer y cristal de ventanilla, sonrisa aceptada o repelida, combinación de trenes y entonces por fin sí, entonces el derecho de acercarme y decir la primera palabra, espesa de estancado tiempo, de inacabable merodeo en el fondo del pozo entre las arañas del calambre.

Ahora entrábamos en la estación Saint-Sulpice, alguien a mi lado se enderezaba y se iba, también Ana se quedaba sola frente a mí, había dejado de mirar el bolso y una o dos veces sus ojos me barrieron distraídamente antes de perderse en el anuncio del balneario termal que se repetía en los cuatro ángulos del vagón. Margrit no había vuelto a mirarme en la ventanilla pero eso probaba el contacto, su latido sigiloso; Ana era acaso tímida o simplemente le parecía absurdo aceptar el reflejo de esa cara que volvería a sonreír para Margrit; y además llegar a Saint-Sulpice era importante porque si todavía faltaban ocho estaciones hasta el fin del recorrido en la Porte d'Orléans, sólo tres tenían combinaciones con otras líneas, y sólo si Ana bajaba en una de esas tres me quedaría la posibilidad de coincidir; cuando el tren empezaba a frenar en Saint-Placide miré y miré a Margrit buscándole los ojos que Ana seguía apoyando blandamente en las cosas del vagón como admitiendo que Margrit no me miraría más, que era inútil esperar que volviera a mirar el reflejo que la esperaba para sonreírle.

No bajó en Saint-Placide, lo supe antes de que el tren empezara a frenar, hay ese apresto del viajero, sobre todo de las mujeres que nerviosamente verifican paquetes, se

45

ciñen el abrigo o miran de lado al levantarse, evitando rodillas en ese instante en que la pérdida de velocidad traba y atonta los cuerpos. Ana repasaba vagamente los anuncios de la estación, la cara de Margrit se fue borrando bajo las luces del andén y no pude saber si había vuelto a mirarme; tampoco mi reflejo hubiera sido visible en esa marea de neón y anuncios fotográficos, de cuerpos entrando y saliendo. Si Ana bajaba en Montparnasse-Bienvenue mis posibilidades era mínimas; cómo no acordarme de Paula (de Ofelia) allí donde una cuádruple combinación posible adelgazaba toda previsión; y sin embargo el día de Paula (de Ofelia) había estado absurdamente seguro de que coincidiríamos, hasta último momento había marchado a tres metros de esa mujer lenta y rubia, vestida como con hojas secas, y su bifurcación a la derecha me había envuelto la cara como un latigazo. Por eso ahora Margrit no, por eso el miedo, de nuevo podía ocurrir abominablemente en Montparnasse-Bienvenue; el recuerdo de Paula (de Ofelia), las arañas en el pozo contra la menuda confianza en que Ana (en que Margrit). Pero quién puede contra esa ingenuidad que nos va dejando vivir, casi inmediatamente me dije que tal vez Ana (que tal vez Margrit) no bajaría en Montparnasse-Bienvenue sino en una de las otras estaciones posibles, que acaso no bajaría en las intermedias donde no me estaba dado seguirla; que Ana (que Margrit) no bajaría en Montparnasse-Bienvenue (no bajó), que no bajaría en Vavin, y no bajó, que acaso bajaría en Raspail que era la primera de las dos últimas posibles; y cuando no bajó y supe que sólo quedaba una estación en la que podría seguirla contra las tres finales en que ya todo daba lo mismo, busqué de nuevo los ojos de Margrit en el vidrio de la ventanilla, la llamé desde un silencio y una inmovilidad que hubieran debido llegarle como un reclamo, como un oleaje, le sonreí con la sonrisa que Ana ya no podía ignorar, que Margrit tenía que admitir aunque no mirara mi reflejo azotado por las semiluces del túnel desembocando en Denfert-Rochereau. Tal vez el primer golpe de frenos había hecho temblar el bolso rojo en los muslos de Ana, tal vez sólo el hastío le movía la mano hasta el mechón negro cruzándole la frente; en esos tres, cuatro segundos en que el tren se inmovilizaba en el andén, las arañas clavaron sus uñas en la piel del pozo para una vez más vencerme desde adentro; cuando Ana se enderezó con una sola y limpia flexión de su cuerpo, cuando la vi de espaldas entre dos pasajeros, creo que busqué todavía absurdamente el rostro de Margrit en el vidrio enceguecido de luces y movimientos. Salí como sin saberlo, sombra pasiva de ese cuerpo que bajaba al andén, hasta despertar a lo que iba a venir, a la doble elección final cumpliéndose irrevocable.

Pienso que está claro, Ana (Margrit) tomaría un camino cotidiano o circunstancial, mientras antes de subir a ese tren yo había decidido que si alguien entraba en el juego y bajaba en Denfert-Rochereau, mi combinación sería la línea Nation-Étoile, de la misma manera que si Ana (que si Margrit) hubiera bajado en Châtelet sólo hubiera podido seguirla en caso de que tomara la combinación Vincennes-Neuilly. En el último tiempo de la ceremonia el juego estaba perdido si Ana (si Margrit) tomaba la combinación de la Ligne de Sceaux o salía directamente a la calle; inmediatamente, ya mismo porque en esa estación no había los interminables pasillos de otras veces y las escaleras llevaban rápidamente a destino, a eso que en los medios de transporte también se llamaba destino. La estaba viendo moverse entre la gente, su bolso rojo como un péndulo de juguete, alzando la cabeza en busca de los carteles indicadores, vacilando un instante hasta orientarse hacia la izquierda; pero la izquierda era la salida que llevaba a la calle.

No sé cómo decirlo, las arañas mordían demasiado, no fui deshonesto en el primer minuto, simplemente la seguí para después quizá aceptar, dejarla irse por cualquiera de sus rumbos allá arriba; a mitad de la escalera comprendí que no, que acaso la única manera de matarlas era negar por una vez la ley, el código. El calambre que me había crispado en ese segundo en que Ana (en que Margrit) empezaba a subir la escalera vedada, cedía de golpe a una lasitud soñolienta, a un gólem de lentos peldaños; me negué a pensar, bastaba saber que la seguía viendo, que el bolso rojo subía hacia la calle, que a cada paso el pelo negro le temblaba en los hombros. Ya era de noche y el aire estaba helado, con algunos copos de nieve entre ráfagas y llovizna; sé que Ana (que Margrit) no tuvo miedo cuando me puse a su lado y le dije: «No puede ser que nos separemos así, antes de habernos encontrado».

En el café, más tarde, ya solamente Ana mientras el reflejo de Margrit cedía a una realidad de cinzano y de palabras, me dijo que no comprendía nada, que se llamaba Marie-Claude, que mi sonrisa en el reflejo le había hecho daño, que por un momento había pensado en levantarse y cambiar de asiento, que no me había visto seguirla y que en la calle no había tenido miedo, contradictoriamente, mirándome en los ojos, bebiendo su cinzano, sonriendo sin avergonzarse de sonreír, de haber aceptado casi en seguida mi acoso en plena calle. En ese momento de una felicidad como de oleaje boca arriba, de abandono a un deslizarse lleno de álamos, no podía decirle lo que ella hubiera entendido como locura o manía y que lo era pero de otro modo, desde otras orillas de la vida; le hablé de su mechón de pelo, de su bolso rojo, de su manera de mirar el anuncio de las termas, de que no le había sonreído por donjuanismo ni aburrimiento sino para darle una flor que no tenía, el signo de que me gustaba, de que me hacía bien, de que viajar frente a ella, de que otro cigarrillo y otro cinzano. En ningún momento fuimos enfáticos, hablamos como desde un ya conocido y aceptado, mirándonos sin lastimarnos, yo creo que Marie-Claude me dejaba venir y estar en su presente como quizá Margrit hubiera respondido a mi sonrisa en el vidrio de no mediar tanto molde previo, tanto no tienes que contestar si te hablan en la calle o te ofrecen caramelos y quieren llevarte al cine, hasta que Marie-Claude, ya liberada de mi sonrisa a Margrit, Marie-Claude en la calle y el café había pensado que era una buena sonrisa, que el desconocido de ahí abajo no le había sonreído a Margrit para tantear otro terreno, y mi absurda manera de abordarla había sido la sola comprensible, la sola razón para decir que sí, que podíamos beber una copa y charlar en un café.

No me acuerdo de lo que pude contarle de mí, tal vez todo salvo el juego pero entonces tan poco, en algún momento nos reímos, alguien hizo la primera broma, descubrimos que nos gustaban los mismos cigarrillos y Catherine Deneuve, me dejó acompañarla hasta el portal de su casa, me tendió la mano con llaneza y consintió en el mismo café a la misma hora del martes. Tomé un taxi para volver a mi barrio, por primera vez en mí mismo como en un increíble país extranjero, repitiéndome que sí, que Marie-Claude, que Denfert-Rochereau, apretando los párpados para guardar mejor su pelo negro, esa manera de ladear la cabeza antes de hablar, de sonreír. Fuimos puntuales y nos contamos películas, trabajo, verificamos diferencias ideológicas parciales, ella seguía aceptándome como si maravillosamente le bastara ese presente sin razones, sin interrogación; ni siquiera parecía darse cuenta de que cualquier imbécil la hubiese creído fácil o tonta; acatando incluso que yo no buscara compartir la misma banqueta en el café, que en el tramo de la rue Froidevaux no le pasara el brazo por el hombro en el primer gesto de una intimidad, que sabiéndola casi sola —una hermana menor, muchas veces ausente del departamento en el cuarto piso— no le pidiera subir. Si algo no podía sospechar eran las arañas, nos habíamos encontrado tres o cuatro veces sin que mordieran, inmóviles en el pozo y esperando hasta el día en que lo supe como si no lo hubiera estado sabiendo todo el tiempo, pero los martes, llegar al café, imaginar que Marie-Claude ya estaría allí o verla entrar con sus pasos ágiles, su morena recurrencia que había luchado inocentemente contra las arañas otra vez despiertas, contra la transgresión del juego que sólo ella había podido defender sin más que darme una breve, tibia mano, sin más que ese mechón de pelo que se paseaba por su frente. En algún momento debió darse cuenta, se quedó mirándome callada, esperando; imposible ya que no me delatara el esfuerzo para hacer durar la tregua, para no admitir que volvían poco a poco a pesar de Marie-Claude, contra Marie-Claude que no podía comprender, que se quedaba mirándome callada, esperando; beber y fumar y hablarle, defendiendo hasta lo último el dulce interregno sin arañas, saber de su vida sencilla y a horario y hermana estudiante y alergias, desear tanto ese mechón negro que le peinaba la frente, desearla como un término, como de veras la última estación del último metro de la vida, y entonces el pozo, la distancia de mi silla a esa banqueta en la que nos hubiéramos besado, en la que mi boca hubiera bebido el primer perfume de Marie-Claude antes de llevármela abrazada hasta su casa, subir esa escalera, desnudarnos por fin de tanta ropa y tanta espera.

Entonces se lo dije, me acuerdo del paredón del cementerio y de que Marie-Claude se apoyó en él y me dejó hablar con la cara perdida en el musgo caliente de su abrigo, vaya a saber si mi voz le llegó con todas sus palabras, si fue posible que comprendiera; se lo dije todo, cada detalle del juego, las improbabilidades confirmadas desde tantas Paulas (desde tantas Ofelias) perdidas al término de un corredor, las arañas en cada final. Lloraba, la sentía temblar contra mí aunque siguiera abrigándome, sosteniéndome con todo su cuerpo apoyado en la pared de los muertos; no me preguntó nada, no quiso saber por qué ni desde cuándo, no se le ocurrió luchar contra una máquina montada por toda una vida a contrapelo de sí misma, de la ciudad y sus consignas, tan sólo ese llanto ahí como un animalito lastimado, resistiendo sin fuerza al triunfo del juego, a la danza exasperada de las arañas en el pozo.

En el portal de su casa le dije que no todo estaba perdido, que de los dos dependía intentar un encuentro legítimo; ahora ella conocía las reglas del juego, quizá nos fueran favorables puesto que no haríamos otra cosa que buscarnos. Me dijo que podría pedir quince días de licencia, viajar llevando un libro para que el tiempo fuera menos húmedo y hostil en el mundo de abajo, pasar de una combinación a otra, esperarme leyendo, mirando los anuncios. No quisimos pensar en la improbabilidad, en que acaso nos encontraríamos en un tren pero que no bastaba, que esta vez no se podría faltar a lo preestablecido; le pedí que no pensara, que dejara correr el metro, que no llorara nunca en esas dos semanas mientras yo la buscaba; sin palabras quedó entendido que si el plazo se cerraba sin volver a vernos o sólo viéndonos hasta que dos pasillos diferentes nos apartaran, ya no tendría sentido retornar al café, al portal de su casa. Al pie de esa escalera de barrio que una luz naranja tendía dulcemente hacia lo alto, hacia la imagen de Marie-Claude en su departamento, entre sus muebles, desnuda y dormida, la besé en el pelo, le acaricié las manos; ella no buscó mi boca, se fue apartando y la vi de espaldas, subiendo otra de las tantas escaleras que se las llevaban sin que pudiera seguirlas; volví a pie a mi casa, sin arañas, vacío y lavado para la nueva espera; ahora no podían hacerme nada, el juego iba a recomenzar como tantas otras veces pero con solamente Marie-Claude, el lunes bajando a la estación Couronnes por la mañana, saliendo en Max Dormoy en plena noche, el martes entrando en Crimée, el miércoles en Philippe Auguste, la precisa regla del juego, quince estaciones en las que cuatro tenían combinaciones, y entonces en la primera de las cuatro sabiendo que me tocaría seguir a la línea Sèvres-Montreuil como en la segunda tendría que tomar la combinación Clichy-Porte Dauphine, cada itinerario elegido sin razón especial porque no podía haber ninguna razón, Marie-Claude habría subido quizá cerca de su casa, en Denfert-Rochereau o en Corvisart, estaría cambiando en Pasteur para seguir hacia Falguière, el árbol mondrianesco con todas sus ramas secas, el azar de las tentaciones rojas, azules, blancas, punteadas; el jueves, el viernes, el sábado. Desde cualquier andén ver entrar los trenes, los siete u ocho vagones, consintiéndome mirar mientras pasaban cada vez más lentos, correrme hasta el final y subir a un vagón sin Marie-Claude, bajar en la estación siguiente y esperar otro tren, seguir hasta la primera estación para buscar otra línea, ver llegar los vagones sin Marie-Claude, dejar pasar un tren o dos, subir en el tercero, seguir hasta la terminal, regresar a una estación desde donde podía pasar a otra línea, decidir que sólo tomaría el cuarto tren, abandonar la búsqueda y subir a comer, regresar casi en seguida con un cigarrillo amargo y sentarme en un banco hasta el segundo, hasta el quinto tren. El lunes, el martes, el miércoles, el jueves, sin arañas porque todavía esperaba, porque todavía espero en este banco de la estación Chemin Vert, con esta libreta en la que una mano escribe para inventarse un tiempo que no sea solamente esa interminable ráfaga que me lanza hacia el sábado en que acaso todo habrá concluido, en que volveré solo y las sentiré despertarse y morder, sus pinzas rabiosas exigiéndome el nuevo juego, otras Marie-Claudes, otras Paulas, la reiteración después de cada fracaso, el recomienzo canceroso. Pero es jueves, es la estación Chemin Vert, afuera cae la noche, todavía cabe imaginar cualquier cosa, incluso puede no parecer demasiado increíble que en el segundo tren, que en el cuarto vagón, que Marie-Claude en un asiento contra la ventanilla, que me haya visto y se enderece con un grito que nadie salvo yo puede escuchar así en plena cara, en plena carrera para saltar al vagón repleto, empujando a pasajeros indignados, murmurando excusas que nadie espera ni acepta, quedándome de pie contra el doble asiento ocupado por piernas y paraguas y paquetes, por Marie-Claude con su abrigo gris contra la ventanilla, el mechón negro que el brusco arranque del tren agita apenas como sus manos tiemblan sobre los muslos en una llamada que no tiene nombre, que es solamente eso que ahora va a suceder. No hay necesidad de hablarse, nada se podría decir sobre ese muro impasible y desconfiado de caras y paraguas entre Marie-Claude y yo; quedan tres estaciones que combinan con otras líneas, Marie-Claude deberá elegir una de ellas, recorrer el andén, seguir uno de los pasillos o buscar la escalera de salida, ajena a mi elección que esta vez no transgrediré. El tren entra en la estación Bastille y Marie-Claude sigue ahí, la gente baja y sube, alguien deja libre el asiento a su lado pero no me acerco, no puedo sentarme ahí, no puedo temblar junto a ella como ella estará temblando. Ahora vienen Ledru-Rollin y Faidherbe-Chaligny, en esas estaciones sin combinación Marie-Claude sabe que no puedo seguirla y no se mueve, el juego tiene que jugarse en Reuilly-Diderot o en Daumesnil; mientras el tren entra en Reuilly-Diderot aparto los ojos, no quiero que sepa, no quiero que pueda comprender que no es allí. Cuando el tren arranca veo que no se ha movido, que nos queda una última esperanza, en Daumesnil hay tan sólo una combinación y la salida a la calle, rojo o negro, sí o no. Entonces nos miramos, Marie-Claude ha alzado la cara para mirarme de lleno, aferrado al barrote del asiento soy eso que ella mira, algo tan pálido como lo que estoy mirando, la cara sin sangre de Marie-Claude que aprieta el bolso rojo, que va a hacer el primer gesto para levantarse mientras el tren entra en la estación Daumesnil.

Verano

Al atardecer Florencio bajó con la nena hasta la cabaña, siguiendo el sendero lleno de baches y piedras sueltas que sólo Mariano y Zulma se animaban a franquear con el yip. Zulma les abrió la puerta, y a Florencio le pareció que tenía los ojos como si hubiera estado pelando cebollas. Mariano vino desde la otra pieza, les dijo que entraran, pero Florencio solamente quería pedirles que guardaran a la nena hasta la mañana siguiente porque tenía que ir a la costa por un asunto urgente y en el pueblo no había nadie a quien pedirle el favor. Por supuesto, dijo Zulma, déjela nomás, le pondremos una cama aquí abajo. Pase a tomar una copa, insistió Mariano, total cinco minutos, pero Florencio había dejado el auto en la plaza del pueblo y tenía que seguir viaje enseguida; les agradeció, le dio un beso a su hijita que ya había descubierto la pila de revistas en la banqueta; cuando se cerró la puerta Zulma y Mariano se miraron casi interrogativamente, como si todo hubiera sucedido demasiado pronto. Mariano se encogió de hombros y volvió a su taller donde estaba encolando un viejo sillón; Zulma le preguntó a la nena si tenía hambre, le propuso que jugara con las revistas, en la despensa había una pelota y una red para cazar mariposas; la nena dio las gracias y se puso a mirar las revistas; Zulma la observó un momento mientras preparaba los alcauciles para la noche, y pensó que podía dejarla jugar sola.

Ya atardecía temprano en el sur, apenas les quedaba un mes antes de volver a la capital, entrar en la otra vida del invierno que al fin y al cabo era una misma sobrevivencia, estar distantemente juntos, amablemente amigos, respetando y ejecutando las múltiples nimias delicadas ceremonias convencionales de la pareja, como ahora que Mariano necesitaba una de las hornallas para calentar el tarro de cola y Zulma sacaba del fuego la cacerola de papas diciendo que después terminaría de cocinarlas, y Mariano agradecía porque el sillón ya estaba casi terminado y era mejor aplicar la cola de una sola vez, pero claro, calentala nomás. La nena hojeaba las revistas en el fondo de la gran pieza que servía de cocina y comedor, Mariano le buscó unos caramelos en la despensa; era la hora de salir al jardín para tomar una copa mirando anochecer en las colinas; nunca había nadie en el sendero, la primera casa del pueblo se perfilaba apenas en lo más alto; delante de ellos la falda seguía bajando hasta el fondo del valle ya en penumbras. Serví nomás, vengo en seguida, dijo Zulma. Todo se cumplía cíclicamente, cada cosa en su hora y una hora para cada cosa, con la excepción de la nena que de golpe desajustaba levemente el esquema; un banquito y un vaso de leche para ella, una caricia en el pelo y elogios por lo bien que se portaba. Los cigarrillos, las golondrinas arracimándose sobre la cabaña; todo se iba repitiendo, encajando, el sillón ya estaría casi seco, encolado como ese nuevo día que nada tenía de nuevo. Las insignificantes diferencias eran la nena esa tarde, como a veces a mediodía el cartero los sacaba un momento de la soledad con una carta para Mariano o para Zulma que el destinatario recibía y guardaba sin decir una palabra. Un mes más de repeticiones previsibles, como ensayadas, y el yip cargado hasta el tope los devolvería al departamento de la capital, a la vida que sólo era otra en las formas, el grupo de Zulma o los amigos pintores de Mariano, las tardes de tiendas para ella y las noches en los cafés para Mariano, un ir y venir separadamente aunque siempre se encontraran para el cumplimiento de las ceremonias bisagra, el beso matinal y los programas neutrales en común, como ahora que Mariano ofrecía otra copa y Zulma aceptaba con los ojos perdidos en las colinas más lejanas, teñidas ya de un violeta profundo.

Qué te gustaría cenar, nena. A mí como usted quiera, señora. A lo mejor no le gustan los alcauciles, dijo Mariano. Sí me gustan, dijo la nena, con aceite y vinagre pero poca sal porque pica. Se rieron, le harían una vinagreta especial. Y huevos pasados por agua, qué tal. Con cucharita, dijo la nena. Y poca sal porque pica, bromeó Mariano. La sal pica muchísimo, dijo la nena, a mi muñeca le doy el puré sin sal, hoy no la traje porque mi papá estaba apurado y no me dejó. Va a hacer una linda noche, pensó Zulma en voz alta, mirá qué transparente está el aire hacia el norte. Sí, no hará demasiado calor, dijo Mariano entrando los sillones al salón de abajo, encendiendo las lámparas junto al ventanal que daba al valle. Mecánicamente encendió también la radio, Nixon viajará a Pekín, qué me contás, dijo Mariano. Ya no hay religión, dijo Zulma, y soltaron la carcajada al mismo tiempo. La nena se había dedicado a las revistas y marcaba las páginas de las tiras cómicas como si pensara leerlas dos veces.

La noche llegó entre el insecticida que Mariano pulverizaba en el dormitorio de arriba y el perfume de una cebolla que Zulma cortaba canturreando un ritmo pop de la radio. A mitad de la cena la nena empezó a adormilarse sobre su huevo pasado por agua; le hicieron bromas, la alentaron a terminar; ya Mariano le había preparado el catre con un colchón neumático en el ángulo más alejado de la cocina, de manera de no molestarla si todavía se quedaban un rato en el salón de abajo, escuchando discos o leyendo. La nena comió su durazno y admitió que tenía sueño. Acuéstese, mi amor, dijo Zulma, ya sabe que si quiere hacer pipí no tiene más que subir, le dejaremos prendida la luz de la escalera. La nena los besó en la mejilla, ya perdida de sueño, pero antes de acostarse eligió una revista y la puso debajo de la almohada. Son increíbles, dijo Mariano, qué mundo inalcanzable, y pensar que fue el nuestro, el de todos. A lo mejor no es tan diferente, dijo Zulma que destendía la mesa, vos también tenés tus manías, el frasco de agua colonia a la izquierda y la gillette a la derecha, y yo no hablemos. Pero no eran manías, pensó Mariano, más bien una respuesta a la muerte y a la nada, fijar las cosas y los tiempos, establecer ritos y pasajes contra el desorden lleno de agujeros y de manchas. Solamente que ya no lo decía en voz alta, cada vez parecía haber menos necesidad de hablar con Zulma, y Zulma tampoco decía nada que reclamara un cambio de ideas. Llevá la cafetera, ya puse las tazas en la banqueta de la chimenea. Fijate si queda azúcar en la azucarera, hay un paquete nuevo en la despensa. No encuentro el tirabuzón, esta botella de aguardiente pinta bien, no te parece. Sí, lindo color. Ya que vas a subir traete los cigarrillos que dejé en la cómoda. De veras que es bueno este aguardiente. Hace calor, no encontrás. Sí, está pesado, mejor no abrir las ventanas, se va a llenar de mariposas y mosquitos.

Cuando Zulma oyó el primer ruido, Mariano estaba buscando en las pilas de discos una sonata de Beethoven que no había escuchado ese verano. Se quedó con la mano en el aire, miró a Zulma. Un ruido como en la escalera de piedra del jardín, pero a esa hora nadie venía a la cabaña, nadie venía nunca de noche. Desde la cocina encendió la lámpara que alumbraba la parte más cercana del jardín, no vio nada y la apagó. Un perro que anda buscando qué comer, dijo Zulma. Sonaba raro, casi como un bufido, dijo Mariano. En el ventanal chicoteó una enorme mancha blanca, Zulma gritó ahogadamente, Mariano de espaldas se volvió demasiado tarde, el vidrio reflejaba solamente los cuadros y los muebles del salón. No tuvo tiempo de preguntar, el bufido resonó cerca de la pared que daba al norte, un relincho sofocado como el grito de Zulma que tenía las manos contra la boca y se pegaba a la pared del fondo, mirando fijamente el ventanal. Es un caballo, dijo Mariano sin creerlo, suena como un caballo, oí los cascos, está galopando en el jardín. Las crines, los belfos como sangrantes, una enorme cabeza blanca rozaba el ventanal, el caballo los miró apenas, la mancha blanca se borró hacia la derecha, oyeron otra vez los cascos, un brusco silencio del lado de la escalera de piedra, el relincho, la carrera. Pero no hay caballos por aquí, dijo Mariano que había agarrado la botella de aguardiente por el gollete antes de darse cuenta y volver a ponerla sobre la banqueta. Quiere entrar, dijo Zulma pegada a la pared del fondo. Pero no, qué tontería, se habrá escapado de alguna chacra del valle y vino a la luz. Te digo que quiere entrar, está rabioso y quiere entrar. Los caballos no rabian que yo sepa, dijo Mariano, me parece que se ha ido, voy a mirar por la ventana de arriba. No, no, quedate aquí, lo oigo todavía, está en la escalera de la terraza, está pisoteando las plantas, va a volver, y si rompe el vidrio y entra. No seas sonsa, qué va a romper, dijo débilmente Mariano, a lo mejor si apagamos las luces se manda mudar. No sé, no sé, dijo Zulma resbalando hasta quedar sentada en la banqueta, oí cómo relincha, está ahí arriba. Oyeron los cascos bajando la escalera, el resoplar irritado contra la puerta, a Mariano le pareció sentir como una presión en la puerta, un roce repetido, y Zulma corrió hacia él gritando histéricamente. La rechazó sin violencia, tendió la mano hacia el interruptor; en la penumbra (quedaba la luz de la cocina donde dormía la nena) el relincho y los cascos se hicieron más fuertes, pero el caballo ya no estaba delante de la puerta, se lo oía ir y venir en el jardín. Mariano corrió a apagar la luz de la cocina, sin siquiera mirar hacia el rincón donde habían acostado a la nena; volvió para abrazar a Zulma que sollozaba, le acarició el pelo y la cara, pidiéndole que se callara para poder escuchar mejor. En el ventanal, la cabeza del caballo se frotó contra el gran vidrio, sin demasiada fuerza, la mancha blanca parecía transparente en la oscuridad; sintieron que el caballo miraba al interior como buscando algo, pero ya no podía verlos y sin embargo seguía ahí, relinchando y resoplando, con bruscas sacudidas a un lado y otro. El cuerpo de Zulma resbaló entre los brazos de Mariano, que la ayudó a sentarse otra vez en la banqueta, apoyándola contra la pared. No te muevas, no digas nada, ahora se va a ir, verás. Quiere entrar, dijo débilmente Zulma, sé que quiere entrar y si rompe la ventana, qué va a pasar si la rompe a patadas. Sh, dijo Mariano, callate por favor. Va a entrar, murmuró Zulma. Y no tengo ni una escopeta, dijo Mariano, le metería cinco balas en la cabeza, hijo de puta. Ya no está ahí, dijo Zulma levantándose bruscamente, lo oigo arriba, si ve la puerta de la terraza es capaz de entrar. Está bien cerrada, no tengas miedo, pensá que en la oscuridad no va a entrar en una casa donde ni siquiera podría moverse, no es tan idiota. Oh sí, dijo Zulma, quiere entrar, va a aplastarnos contra las paredes, sé que quiere entrar. Sh, repitió Mariano que también lo pensaba, que no podía hacer otra cosa que esperar con la espalda empapada de sudor frío. Una vez más los cascos resonaron en las lajas de la escalera, y de golpe el silencio, los grillos lejanos, un pájaro en el nogal de lo alto.

Sin encender la luz, ahora que el ventanal dejaba entrar la vaga claridad de la noche, Mariano llenó una copa de aguardiente y la sostuvo contra los labios de Zulma, obligándola a beber aunque los dientes chocaban contra la copa y el alcohol se derramaba en la blusa; después, del gollete, bebió un largo trago y fue hasta la cocina para mirar a la nena. Con las manos bajo la almohada como si sujetara la preciosa revista, dormía increíblemente y no había escuchado nada, apenas parecía estar ahí mientras en el salón el llanto de Zulma se cortaba cada tanto en un hipo ahogado, casi un grito. Ya pasó, ya pasó, dijo Mariano sentándose contra ella y sacudiéndola suavemente, no fue más que un susto. Va a volver, dijo Zulma con los ojos clavados en el ventanal. No, ya andará lejos, seguro que se escapó de alguna tropilla de allá abajo. Ningún caballo hace eso, dijo Zulma, ningún caballo quiere entrar así en una casa. Admito que es raro, dijo Mariano, mejor echemos un vistazo afuera, aquí tengo la linterna. Pero Zulma se había apretado contra la pared, la idea de abrir la puerta, de salir hacia la sombra blanca que podía estar cerca, esperando bajo los árboles, pronta a cargar. Mirá, si no nos aseguramos que se ha ido nadie va a dormir esta noche, dijo Mariano. Démosle un poco más de tiempo, entre tanto vos te acostás y te doy tu calmante; dosis extra, pobrecita, te la has ganado de sobra.

Zulma acabó por aceptar, pasivamente; sin encender las luces fueron hasta la escalera y Mariano mostró con la mano a la nena dormida, pero Zulma apenas la miró, subía la escalera trastabillando, Mariano tuvo que sujetarla al entrar en el dormitorio porque estaba a punto de golpearse en el marco de la puerta. Desde la ventana que daba sobre el alero miraron la escalera de piedra, la terraza más alta del jardín. Se ha ido, ves, dijo Mariano arreglando la almohada de Zulma, viéndola desvestirse con gestos mecánicos, la mirada fija en la ventana. Le hizo beber las gotas, le pasó agua colonia por el cuello y las manos, alzó suavemente la sábana hasta los hombros de Zulma que había cerrado los ojos y temblaba. Le secó las mejillas, esperó un momento y bajó a buscar la linterna; llevándola apagada en una mano y con un hacha en la otra, entornó poco a poco la puerta del salón y salió a la terraza inferior desde donde podía abarcar todo el lado de la casa que daba hacia el este; la noche era idéntica a tantas otras del verano, los grillos chirriaban lejos, una rana dejaba caer dos gotas alternadas de sonido. Sin necesidad de la linterna Mariano vio la mata de lilas pisoteada, las enormes huellas en el cantero de pensamientos, la maceta tumbada al pie de la escalera; no era una alucinación, entonces, y desde luego valía más que no lo fuera; por la mañana iría con Florencio a averiguar en las chacras del valle, no se la iban a llevar de arriba tan fácilmente. Antes de entrar enderezó la maceta, fue hasta los primeros árboles y escuchó largamente los grillos y la rana; cuando miró hacia la casa, Zulma estaba en la ventana del dormitorio, desnuda, inmóvil.

La nena no se había movido, Mariano subió sin hacer ruido y se puso a fumar al lado de Zulma. Ya ves, se ha ido, podemos dormir tranquilos; mañana veremos. Poco a poco la fue llevando hasta la cama, se desvistió, se tendió boca arriba, siempre fumando. Dormí, todo va bien, no fue más que un susto absurdo. Le pasó la mano por el pelo, los dedos resbalaron hasta el hombro, rozaron los senos. Zulma se volvió de lado, dándole la espalda, sin hablar; también eso era como tantas otras noches del verano.

Dormir tenía que ser difícil, pero Mariano se durmió bruscamente apenas había apagado el cigarrillo; la ventana seguía abierta y seguramente entrarían mosquitos, pero el sueño vino antes, sin imágenes, la nada total de la que salió en algún momento despedido por un pánico indecible, la presión de los dedos de Zulma en un hombro, el jadeo. Casi antes de comprender ya estaba escuchando la noche, el perfecto silencio puntuado por los grillos. Dormí, Zulma, no hay nada, habrás soñado. Obstinándose en que asintiera, que volviera a tenderse dándole la espalda ahora que de golpe había retirado la mano y estaba sentada, rígida, mirando hacia la puerta cerrada. Se levantó al mismo tiempo que Zulma, incapaz de impedirle que abriera la puerta y fuera hasta el nacimiento de la escalera, pegado a ella y preguntándose vagamente si no haría mejor en cachetearla, traerla a la fuerza hasta la cama, dominar por fin tanta lejanía petrificada. En la mitad de la escalera Zulma se detuvo, tomándose de la barandilla. ¿Vos sabés por qué está ahí la nena? Con una voz que debía pertenecer todavía a la pesadilla. ¿La nena? Otros dos peldaños, ya casi en el codo que se abría sobre la cocina. Zulma, por favor. Y la voz quebrada, casi en falsete, está ahí para dejarlo entrar, te digo que lo va a dejar entrar. Zulma, no me obligues a hacer una idiotez. Y la voz como triunfante, subiendo todavía más de tono, mirá, pero mirá si no me creés, la cama vacía, la revista en el suelo. De un empellón Mariano se adelantó a Zulma, saltó hasta el interruptor. La nena los miró, su piyama rosa contra la puerta que daba al salón, la cara adormilada. Qué hacés levantada a esta hora, dijo Mariano envolviéndose la cintura con un repasador. La nena miraba a Zulma desnuda, entre dormida y avergonzada la miraba como queriendo volverse a la cama, al borde del llanto. Me levanté para hacer pipí, dijo. Y saliste al jardín cuando te habíamos dicho que subieras al baño. La nena empezó a hacer pucheros, las manos cómicamente perdidas en los bolsillos del piyama. No es nada, volvete a la cama, dijo Mariano acariciándole el pelo. La arropó, le puso la revista debajo de la almohada; la nena se volvió contra la pared, un dedo en la boca como para consolarse. Subí, dijo Mariano, ya ves que no pasa nada, no te quedés ahí como una sonámbula. La vio dar dos pasos hacia la puerta del salón, se le cruzó en el camino, ya estaba bien así, qué diablos. Pero no te das cuenta de que le ha abierto la puerta, dijo Zulma con esa voz que no era la suya. Dejate de tonterías, Zulma. Andá a ver si no es cierto, o dejame ir a mí. La mano de Mariano se cerró en el antebrazo que temblaba. Subí ahora mismo, empujándola hasta llevarla al pie de la escalera, mirando al pasar a la nena que no se había movido, que ya debía dormir. En el primer peldaño Zulma gritó y quiso escapar, pero la escalera era estrecha y Mariano la empujaba con todo el cuerpo, el repasador se desciñó y cayó al pie de la escalera, sujetándola por los hombros y tironeándola hacia arriba la llevó hasta el rellano, la lanzó hacia el dormitorio, cerrando la puerta tras él. Lo va a dejar entrar, repetía Zulma, la puerta está abierta y va a entrar. Acostate, dijo Mariano. Te digo que la puerta está abierta. No importa, dijo Mariano, que entre si quiere, ahora me importa un carajo que entre o no entre. Atrapó las manos de Zulma que buscaban rechazarlo, la empujó de espaldas contra

63

la cama, cayeron juntos, Zulma sollozando y suplicando, imposibilitada de moverse bajo el peso de un cuerpo que la ceñía cada vez más, que la plegaba a una voluntad murmurada boca a boca, rabiosamente, entre lágrimas y obscenidades. No quiero, no quiero, no quiero nunca más, no quiero, pero ya demasiado tarde, su fuerza y su orgullo cediendo a ese peso arrasador que la devolvía al pasado imposible, a los veranos sin cartas y sin caballos. En algún momento —empezaba a clarear— Mariano se vistió en silencio, bajó a la cocina; la nena dormía con el dedo en la boca, la puerta del salón estaba abierta. Zulma había tenido razón, la nena había abierto la puerta pero el caballo no había entrado en la casa. A menos que sí, lo pensó encendiendo el primer cigarrillo y mirando el filo azul de las colinas, a menos que también en eso Zulma tuviera razón y que el caballo hubiera entrado en la casa, pero cómo saberlo si no lo habían escuchado, si todo estaba en orden, si el reloj seguiría midiendo la mañana y después que Florencio viniera a buscar a la nena a lo mejor hacia las doce llegaría el cartero silbando desde lejos, dejándoles sobre la mesa del jardín las cartas que él o Zulma tomarían sin decir nada, un rato antes de decidir de común acuerdo lo que convenía preparar para el almuerzo.

Ahí pero dónde, cómo

Un cuadro de René Magritte representa una pipa que ocupa el centro de la tela. Al pie de la pintura su título: Esto no es una pipa.

A Paco, que gustaba de mis relatos.
(Dedicatoria de Bestiario, *1951)*

no depende de la voluntad

es él bruscamente: ahora (antes de empezar a escribir; la razón de que haya empezado a escribir) o ayer, mañana, no hay ninguna indicación previa, él está o no está; ni siquiera puedo decir que viene, no hay llegada ni partida; él es como un puro presente que se manifiesta o no en este presente sucio, lleno de ecos de pasado y obligaciones de futuro

A vos que me leés, ¿no te habrá pasado eso que empieza en un sueño y vuelve en muchos sueños pero no es eso, no es solamente un sueño? Algo que está ahí pero dónde, cómo; algo que pasa soñando, claro, puro sueño pero después también ahí, de otra manera porque blando y lleno de agujeros pero ahí mientras te cepillás los dientes, en el fondo de la taza del lavabo lo seguís viendo mientras escupís el dentífrico o metés la cara en el agua fría, y ya adelgazándose pero prendido todavía al piyama, a la raíz de la lengua mientras calentás el café, ahí pero dónde, cómo, pegado a la mañana, con su silencio en el que ya entran los ruidos del día, el noticioso radial que pusimos porque estamos despiertos y levantados y el mundo sigue andando. Carajo, carajo, ¿cómo puede ser, qué es eso que fue, que fuimos en un sueño pero es otra cosa, vuelve cada tanto y está ahí pero dónde, cómo está ahí y dónde es ahí? ¿Por qué otra vez Paco esta noche, ahora que lo escribo en esta misma pieza, al lado de esta misma cama donde las sábanas marcan el hueco de mi cuerpo? ¿A vos no te pasa como a mí con alguien que se murió hace treinta años, que enterramos un mediodía de sol en la Chacarita, llevando a hombros el cajón con los amigos de la barra, con los hermanos de Paco?

su cara pequeña y pálida, su cuerpo apretado de jugador de pelota vasca, sus ojos de agua, su pelo rubio peinado con gomina, la raya al costado, su traje gris, sus mocasines negros, casi siempre una corbata azul pero a veces en mangas de camisa o con una bata de esponja blanca (cuando me espera en su pieza de la calle Rivadavia, levantándose con esfuerzo para que no me dé cuenta de que está tan enfermo, sentándose al borde de la cama envuelto en la bata blanca, pidiéndome el cigarrillo que le tienen prohibido)

Ya sé que no se puede escribir esto que estoy escribiendo, seguro que es otra de las maneras del día para terminar con las débiles operaciones del sueño; ahora me iré a trabajar, me encontraré con traductores y revisores en la conferencia de Ginebra donde estoy por cuatro semanas, leeré las noticias de Chile, esa otra pesadilla que ningún dentífrico despega de la boca; por qué entonces saltar de la cama a la máquina, de la casa de la calle Rivadavia en Buenos Aires donde acabo de estar con Paco, a esta máquina que no servirá de nada ahora que estoy despierto y sé que han pasado treinta y un años desde aquella mañana de octubre, ese nicho en un columbario, las pobres flores que casi nadie llevó porque maldito si nos importaban las flores mientras enterrábamos a Paco. Te digo, esos treinta y un años no son lo que importa, mucho peor es este paso del sueño a las palabras, el agujero entre lo que todavía sigue aquí pero se va entregando más y más a los nítidos filos de las cosas de este lado, al cuchillo de las palabras que sigo escribiendo y que ya no son eso que sigue ahí pero dónde, cómo. Y si sigo es porque no puedo más, tantas veces he sabido que Paco está vivo o que va a morirse, que está vivo de otra manera que nuestra manera de estar vivos o de ir a morirnos, que escribiéndolo por lo menos lucho contra lo inapresable, paso los dedos de las palabras por los agujeros de esa trama delgadísima que todavía me ataba en el cuarto de baño, en la tostadora, en el primer cigarrillo, que está todavía ahí pero dónde, cómo; repetir, reiterar, fórmulas de encantamiento, verdad, a lo mejor vos que me leés también tratás a veces de fijar con alguna salmodia lo que se te va yendo, repetís estúpidamente un verso infantil, arañita visita, arañita visita, cerrando los ojos para centrar la escena capital del sueño deshilachado, renunciando arañita, encogiéndote de hombros visita, el diariero llama a la puerta, tu mujer te mira sonriendo y te dice Pedrito, se te quedaron las telarañas en los ojos y tiene tanta razón pensás vos, arañita visita, claro que las telarañas.

cuando sueño con Alfredo, con otros muertos, puede ser cualquiera de sus tantas imágenes, de las opciones del tiempo y de la vida; a Alfredo lo veo manejando su Ford negro, jugando al poker, casándose con Zulema, saliendo conmigo del normal Mariano Acosta para ir a tomar un vermut en *La Perla* del Once; después, al final, antes, cualquiera de los días a lo largo de cualquiera de los años, pero Paco no, Paco es solamente la pieza desnuda y fría de su casa, la cama de hierro, la bata de esponja blanca, y si nos encontramos en el café y está con su traje gris y la corbata azul, la cara es la misma, la terrosa máscara final, los silencios de un cansancio irrestañable

No voy a perder más tiempo; si escribo es porque sé, aunque no pueda explicarme qué es eso que sé y apenas consiga separar lo más grueso, poner de un lado los sueños y del otro a Paco, pero hay que hacerlo si un día, si ahora mismo en cualquier momento alcanzo a manotear más lejos. Sé que sueño con Paco puesto que la lógica, puesto que los muertos no andan por la calle y hay un océano de agua y de tiempo entre este hotel de Ginebra y su casa de la calle Rivadavia, entre su casa de la calle Rivadavia y él muerto hace treinta y un años. Entonces es obvio que Paco está vivo (de qué inútil, horrible manera tendré que decirlo también para acercarme, para ganar algo de terreno) mientras yo duermo; eso que se llama soñar. Cada tanto, pueden pasar semanas e incluso años, vuelvo a saber mientras duermo que él está vivo y va a morirse; no hay nada de extraordinario en soñar con él y verlo vivo, ocurre con tantos otros en los sueños de todo el mundo, también yo a veces encuentro a mi abuela viva en mis sueños, o a Alfredo vivo en mis sueños, Alfredo que fue uno de los amigos de Paco y se murió antes que él. Cualquiera sueña con sus muertos y los ve vivos, no es por eso que escribo; si escribo es porque sé, aunque no pueda explicar qué es lo que sé. Mirá, cuando sueño con Alfredo el dentífrico cumple muy bien su tarea; queda la melancolía, la recurrencia de recuerdos añejos, después empieza la jornada sin Alfredo. Pero con Paco es como si se despertara también conmigo, puede permitirse el lujo de disolver casi enseguida las vívidas secuencias de la noche y seguir presente y fuera del sueño, desmintiéndolo con una fuerza que Alfredo, que nadie tiene en pleno día, después de la ducha y el diario. Qué le importa a él que yo me acuerde apenas de ese momento en que su hermano Claudio vino a buscarme, a decirme que Paco estaba muy enfermo, y que las escenas sucesivas, ya deshilachadas pero aún rigurosas y coherentes en el olvido, un poco como el hueco de mi cuerpo todavía marcado por las sábanas, se diluyan como todos los sueños. Lo que entonces sé es que haber soñado no es más que parte de algo diferente, una especie de superposición, una zona otra, aunque la expresión sea incorrecta pero también hay que superponer o violar las palabras si quiero acercarme, si espero alguna vez estar. Gruesamente, como lo estoy sintiendo ahora, Paco está vivo aunque se va a morir, y si algo sé es que no hay nada de sobrenatural en eso; tengo mi idea sobre los fantasmas pero Paco no es un fantasma, Paco es un hombre, el hombre que fue hasta hace treinta y un años, mi camarada de estudios, mi mejor amigo. No ha sido necesario que volviera de mi lado una y otra vez, bastó el primer sueño para que yo lo supiera vivo más allá o más acá del sueño y otra vez me ganara la tristeza, como en las noches de la calle Rivadavia cuando lo veía ceder terreno frente a una enfermedad que se lo iba comiendo desde las vísceras, consumiéndolo sin apuro en la tortura más perfecta. Cada noche que he vuelto a soñarlo ha sido lo mismo, las variaciones del tema; no es la recurrencia la que podría engañarme, lo que sé ahora ya estaba sabido la primera vez, creo que en París en los años cincuenta, a quince años de su muerte en Buenos Aires. Es verdad, en aquel entonces traté de ser sano, de lavarme mejor los dientes; te rechacé, Paco, aunque ya algo en mí supiera que no estabas ahí como Alfredo, como mis otros muertos; también frente a los sueños se puede ser un canalla y un cobarde, y acaso por eso volviste, no por venganza sino para probarme que era inútil, que estabas vivo y tan enfermo, que te ibas a·morir, que una y otra noche Claudio vendría a buscarme en sueños para llorar en mi hombro, para decirme Paco está mal, qué podemos hacer, Paco está tan mal.

su cara terrosa y sin sol, sin siquiera la luna de los cafés del Once, la vida noctámbula de los estudiantes, una cara triangular sin sangre, el agua celeste de los ojos,

los labios despellejados por la fiebre, el olor dulzón
de los nefríticos, su sonrisa delicada, la voz reduci-
da al mínimo, teniendo que respirar entre cada frase,
reemplazando las palabras por un gesto o una mueca
irónica

Ves, eso es lo que sé, no es mucho pero lo cambia
todo. Me aburren las hipótesis tempoespaciales, las *n* di-
mensiones, sin hablar de la jerga ocultista, la vida astral
y Gustav Meyrink. No voy a salir a buscar porque me sé
incapaz de ilusión o quizá, en el mejor de los casos, de
la capacidad para entrar en territorios diferentes. Simplemente estoy aquí y dispuesto, Paco, escribiendo lo que
una vez más hemos vivido juntos mientras yo dormía; si
en algo puedo ayudarte es en saber que no sos solamente
mi sueño que ahí pero dónde, cómo, que ahí estás vivo y
sufriendo. De ese ahí no puedo decir nada, sino que se me
da soñando y despierto, que es un ahí sin asidero; porque
cuando te veo estoy durmiendo y no sé pensar, y cuando
pienso estoy despierto pero sólo puedo pensar; imagen o
idea son siempre ese ahí pero dónde, ese ahí pero cómo.

releer esto es bajar la cabeza, putear de cara contra un
nuevo cigarrillo, preguntarse por el sentido de estar
tecleando en esta máquina, para quién, decime un
poco, para quién que no se encoja de hombros y en-
casille rápido, ponga la etiqueta y pase a otra cosa, a
otro cuento

Y además, Paco, por qué. Lo dejo para el final pero es
lo más duro, es esta rebelión y este asco contra lo que te
pasa. Te imaginás que no te creo en el infierno, nos haría
tanta gracia si pudiéramos hablar de eso. Pero tiene que
haber un porqué, no es cierto, vos mismo has de pregun-
tarte porqué estás vivo ahí donde estás si de nuevo te vas
a morir, si otra vez Claudio tiene que venir a buscarme, si

como hace un momento voy a subir la escalera de la calle Rivadavia para encontrarte en tu pieza de enfermo, con esa cara sin sangre y los ojos como de agua, sonriéndome con labios desteñidos y resecos, dándome una mano que parece un papelito. Y tu voz, Paco, esa voz que te conocí al final, articulando precariamente las pocas palabras de un saludo o de una broma. Por supuesto que no estás en la casa de la calle Rivadavia, y que yo en Ginebra no he subido la escalera de tu casa en Buenos Aires, eso es la utilería del sueño y como siempre al despertar las imágenes se deslíen y solamente quedás vos de este lado, vos que no sos un sueño, que me has estado esperando en tantos sueños pero como quien se cita en un lugar neutral, una estación o un café, la otra utilería que olvidamos apenas se echa a andar.

cómo decirlo, cómo seguir, hacer trizas la razón repitiendo que no es solamente un sueño, que si lo veo en sueños como a cualquiera de mis muertos, él es otra cosa, está ahí, dentro y fuera, vivo aunque

lo que veo de él, lo que oigo de él: la enfermedad lo ciñe, lo fija en esa última apariencia que es mi recuerdo de él hace treinta y un años; así está ahora, así es

¿Por qué vivís si te has enfermado otra vez, si vas a morirte otra vez? Y cuando te mueras, Paco, ¿qué va a pasar entre nosotros dos? ¿Voy a saber que te has muerto, voy a soñar, puesto que el sueño es la única zona donde puedo verte, que te enterramos de nuevo? Y después de eso, ¿voy a dejar de soñar, te sabré de veras muerto? Porque hace ya muchos años, Paco, que estás vivo ahí donde nos encontramos, pero con una vida inútil y marchita, esta vez tu enfermedad dura interminablemente más que la otra, pasan semanas o meses, pasa París o Quito o Ginebra y entonces viene Claudio y me abraza, Claudio tan joven y cachorro llorando silencioso contra mi hombro, avisándome que estás mal, que suba a verte, a veces es un café pero casi siempre hay que subir la estrecha escalera de esa casa que ya han echado abajo, desde un taxi miré hace un año esa cuadra de Rivadavia a la altura del Once y supe que la casa ya no estaba ahí o que la habían transformado, que falta la puerta y la angosta escalera que llevaba al primer piso, a las piezas de alto cielo raso y estucos amarillos, pasan semanas o meses y de nuevo sé que tengo que ir a verte, o simplemente te encuentro en cualquier lado o sé que estás en cualquier lado aunque no te vea, y nada termina, nada empieza ni termina mientras duermo o después en la oficina o aquí escribiendo, vos vivo para qué, vos vivo por qué, Paco, ahí pero dónde, viejo, dónde y hasta cuándo.

aducir pruebas de aire, montoncitos de ceniza como pruebas, seguridades de agujero; para peor con palabras, desde palabras incapaces de vértigo, etiquetas previas a la lectura, esa otra etiqueta final

noción de territorio contiguo, de pieza de al lado; tiempo de al lado, y a la vez nada de eso, demasiado fácil refugiarse en lo binario; como si todo dependiera de mí, de una simple clave que un gesto o un salto me darían, y saber que no, que mi vida me encierra en lo que soy, al borde mismo pero

tratar de decirlo de otra manera, insistir: por esperanza, buscando el laboratorio de medianoche, una alquimia impensable, una transmutación

No sirvo para ir más lejos, intentar cualquiera de los caminos que otros siguen en busca de sus muertos, la fe o los hongos o las metafísicas. Sé que no estás muerto, que las mesas de tres patas son inútiles; no iré a consultar videntes porque también ellos tienen sus códigos, me mirarían como a un demente. Sólo puedo creer en lo que sé, seguir por mi vereda como vos por la tuya empequeñecido y enfermo ahí donde estás, sin molestarme, sin pedirme nada pero apoyándote de alguna manera en mí que te sé vivo, en ese eslabón que te enlaza con esta zona a la que no pertenecés pero que te sostiene vaya a saber por qué, vaya a saber para qué. Y por eso, pienso, hay momentos en que te hago falta y es entonces cuando llega Claudio o cuando de golpe te encuentro en el café donde jugábamos al billar o en la pieza de los altos donde poníamos discos de Ravel y leíamos a Federico y a Rilke, y la alegría deslumbrada que me da saberte vivo es más fuerte que la palidez de tu cara y la fría debilidad de tu mano; porque en pleno sueño no me engaño como me engaña a veces ver a Alfredo o a Juan Carlos, la alegría no es esa horrible decepción al despertar y comprender que se ha soñado, con vos me despierto y nada cambia salvo que he dejado de verte, sé que estás vivo ahí donde estás, en una tierra que es esta tierra y no una esfera astral o un limbo abominable; y la alegría dura y está aquí mientras escribo, y no contradice la tristeza de haberte visto una vez más tan mal, es todavía la esperanza, Paco, si escribo es porque espero aunque cada vez sea lo mismo, la escalera que lleva a tu pieza, el café donde entre dos carambolas me dirás que estuviste enfermo pero que ya va pasando, mintiéndome con una pobre sonrisa; la esperanza de que alguna vez sea de otra manera, que Claudio no tenga que venir a buscarme y a llorar abrazado a mí, pidiéndome que vaya a verte.

aunque sea para estar otra vez cerca de él cuando se muera como en aquella noche de octubre, los cuatro amigos, la fría lámpara colgando del cielo raso, la última inyección de coramina, el pecho desnudo y helado, los ojos abiertos que uno de nosotros le cerró llorando

Y vos que me leés creerás que invento; poco importa, hace mucho que la gente pone en la cuenta de mi imaginación lo que de veras he vivido, o viceversa. Mirá, a Paco no lo encontré nunca en la ciudad de la que he hablado alguna vez, una ciudad con la que sueño cada tanto, y que es como el recinto de una muerte infinitamente postergada, de búsquedas turbias y de imposibles citas. Nada hubiera sido más natural que verlo ahí, pero ahí no lo he encontrado nunca ni creo que lo encontraré. Él tiene su territorio propio, gato en su mundo recortado y preciso, la casa de la calle Rivadavia, el café del billar, alguna esquina del Once. Quizá si lo hubiera encontrado en la ciudad de las arcadas y del canal del norte, lo habría sumado a la maquinaria de las búsquedas, a las interminables habitaciones del hotel, a los ascensores que se desplazan horizontalmente, a la pesadilla elástica que vuelve cada tanto; hubiera sido más fácil explicar su presencia, imaginarla parte de ese decorado que la hubiera empobrecido limándola, incorporándola a sus torpes juegos. Pero Paco está en lo suyo, gato solitario asomando desde su propia zona sin mezclas; quienes vienen a buscarme son solamente los suyos, es Claudio o su padre, alguna vez su hermano mayor. Cuando despierto después de haberlo encontrado en su casa o en el café, viéndole la muerte en los ojos como de agua, el resto se pierde en el fragor de la vigilia, sólo él queda conmigo mientras me lavo los dientes y escucho el noticioso antes de salir; ya no su imagen percibida con la cruel precisión lenticular del sueño (el traje gris, la corbata azul, los mocasines negros) sino la certidumbre de que impensablemente sigue ahí y que sufre.

ni siquiera esperanza en lo absurdo, saberlo otra vez feliz, verlo en un torneo de pelota, enamorado de esas muchachas con las que bailaba en el club pequeña larva gris, *animula vagula blandula*, monito temblando de frío bajo las frazadas, tendiéndome una mano de maniquí, para qué, por qué

No habré podido hacerte vivir esto, lo escribo igual para vos que me leés porque es una manera de quebrar el cerco, de pedirte que busques en vos mismo si no tenés también uno de esos gatos, de esos muertos que quisiste y que están en ese ahí que ya me exaspera nombrar con palabras de papel. Lo hago por Paco, por si esto o cualquier otra cosa sirviera de algo, lo ayudara a curarse o a morirse, a que Claudio no volviera a buscarme, o simplemente a sentir por fin que todo era un engaño, que sólo sueño con Paco y que él vaya a saber por qué se agarra un poco más a mis tobillos que Alfredo, que mis otros muertos. Es lo que vos estarás pensando, qué otra cosa podrías pensar a menos que también te haya pasado con alguien, pero nadie me ha hablado nunca de cosas así y tampoco lo espero de vos, simplemente tenía que decirlo y esperar, decirlo y otra vez acostarme y vivir como cualquiera, haciendo lo posible por olvidar que Paco sigue ahí, que nada termina porque mañana o el año que viene me despertaré sabiendo como ahora que Paco sigue vivo, que me llamó porque esperaba algo de mí, y que no puedo ayudarlo porque está enfermo, porque se está muriendo.

Lugar llamado Kindberg

Llamado Kindberg, a traducir ingenuamente por montaña de los niños o a verlo como la montaña gentil, la amable montaña, así o de otra manera un pueblo al que llegan de noche desde una lluvia que se lava rabiosamente la cara contra el parabrisas, un viejo hotel de galerías profundas donde todo está preparado para el olvido de lo que sigue allí afuera golpeando y arañando, el lugar por fin, poder cambiarse, saber que se está tan bien, tan al abrigo; y la sopa en la gran sopera de plata, el vino blanco, partir el pan y darle el primer pedazo a Lina que lo recibe en la palma de la mano como si fuera un homenaje, y lo es, y entonces le sopla por encima vaya a saber por qué pero tan bonito ver que el flequillo de Lina se alza un poco y tiembla como si el soplido devuelto por la mano y por el pan fuera a levantar el telón de un diminuto teatro, casi como si desde ese momento Marcelo pudiera ver salir a escena los pensamientos de Lina, las imágenes y los recuerdos de Lina que sorbe su sopa sabrosa soplando siempre sonriendo.

Y no, la frente lisa y aniñada no se altera, al principio es sólo la voz que va dejando caer pedazos de persona, componiendo una primera aproximación a Lina: chilena, por ejemplo, y un tema canturreado de Archie Shepp, las uñas un poco comidas pero muy pulcras contra una ropa sucia de auto-stop y dormir en granjas o albergues de la juventud. La juventud, se ríe Lina sorbiendo la sopa como una osita, seguro que no te la imaginas: fósiles, fíjate, cadáveres vagando como en esa película de miedo de Romero.

Marcelo está por preguntarle qué Romero, primera noticia del tal Romero, pero mejor dejarla hablar, lo divierte asistir a esa felicidad de comida caliente, como antes su contento en la pieza con chimenea esperando crepitando, la burbuja burguesa protectora de una billetera de viajero sin problemas, la lluvia estrellándose ahí afuera contra la burbuja como esa tarde en la cara blanquísima de Lina al borde de la carretera a la salida del bosque en el crepúsculo, qué lugar para hacer auto-stop y sin embargo ya, otro poco de sopa osita, cómame que necesita salvarse de una angina, el pelo todavía húmedo pero ya chimenea crepitando esperando ahí en la pieza de gran cama Habsburgo, de espejos hasta el suelo con mesitas y caireles y cortinas y por qué estabas ahí bajo el agua decime un poco, tu mamá te hubiera dado una paliza.

Cadáveres, repite Lina, mejor andar sola, claro que si llueve pero no te creas, el abrigo es impermeable de veras, no más que un poco el pelo y las piernas, ya está, una aspirina si acaso. Y entre la panera vacía y la nueva llenita que ya la osezna saquea y qué manteca más rica, ¿y tú qué haces, por qué viajas en ese tremendo auto, y tú por qué, ah y tú argentino? Doble aceptación de que el azar hace bien las cosas, el previsible recuerdo de que si ocho kilómetros antes Marcelo no se hubiera detenido a beber un trago, la osita ahora metida en otro auto o todavía en el bosque, soy corredor de materiales prefabricados, es algo que obliga a viajar mucho pero esta vez ando vagando entre dos obligaciones. Osezna atenta y casi grave, qué es eso de prefabricados, pero desde luego tema aburrido, qué le va a hacer, no puede decirle que es domador de fieras o director de cine o Paul McCartney: la sal. Esa manera brusca de insecto o pájaro aunque osita flequillo bailoteándole, el refrán recurrente de Archie Shepp, tienes los discos, pero cómo, ah bueno. Dándose cuenta, piensa irónico Marcelo, de que lo normal sería que él no tuviera los discos de Archie Shepp y es idiota porque en realidad claro que los tiene y a veces los escucha con Marlene en Bruselas y solamente no sabe vivirlos como Lina que de golpe canturrea un trozo entre dos mordiscos, su sonrisa suma de free-jazz y bocado gulash y osita húmeda de auto-stop, nunca tuve tanta suerte, fuiste bueno. Bueno y consecuente, entona Marcelo revancha bandoneón, pero la pelota sale de la cancha, es otra generación, es una osita Shepp, ya no tango, che.

Por supuesto queda todavía la cosquilla, casi un calambre agridulce de eso a la llegada a Kindberg, el parking del hotel en el enorme hangar vetusto, la vieja alumbrándoles el camino con una linterna de época, Marcelo valija y portafolios, Lina mochila y chapoteo, la invitación a cenar aceptada antes de Kindberg, así charlamos un poco, la noche y la metralla de la lluvia, mala cosa seguir, mejor paramos en Kindberg y te invito a cenar, oh sí gracias qué rico, así se te seca la ropa, lo mejor es quedarse aquí hasta mañana, que llueva que llueva la vieja está en la cueva, oh sí dijo Lina, y entonces el parking, las galerías resonantes góticas hasta la recepción, qué calentito este hotel, qué suerte, una gota de agua la última en el borde del flequillo, la mochila colgando osezna girl-scout con tío bueno, voy a pedir las piezas así te secás un poco antes de cenar. Y la cosquilla, casi un calambre ahí abajo, Lina mirándolo toda flequillo, las piezas qué tontería, pide una sola. Y él no mirándola pero la cosquilla agradesagradable, entonces es un yiro, entonces es una delicia, entonces osita sopa chimenea, entonces una más y qué suerte viejo porque está bien linda. Pero después mirándola sacar de la mochila el otro par de blue-jeans y el pulóver negro, dándole la espalda charlando qué chimenea, huele, fuego perfumado, buscándole aspirinas en el fondo de la valija entre vitaminas y desodorantes y after-shave y hasta dónde pensás llegar, no sé, tengo una carta para unos hippies de Copenhague, unos dibujos que me dio Cecilia en Santiago, me dijo que son tipos estupendos, el biombo de raso y Lina colgando la ropa mojada, volcando indescriptible la mochila sobre la mesa franciscojosé dorada y arabescos James Baldwin kleenex botones anteojos negros cajas de cartón Pablo Neruda paquetitos higiénicos plano de Alemania, tengo hambre, Marcelo, me gusta tu nombre suena bien y tengo hambre, entonces vamos a comer, total para ducha ya tuviste bastante, después acabás de arreglar esa mochila, Lina levantando la cabeza bruscamente, mirándolo: Yo no arreglo nunca nada, para qué, la mochila es como yo y este viaje y la política, todo mezclado y qué importa. Mocosa, pensó Marcelo calambre, casi cosquilla (darle las aspirinas a la altura del café, efecto más rápido) pero a ella le molestaban esas distancias verbales, esos vos tan joven y cómo puede ser que viajés así sola, en mitad de la sopa se había reído: la juventud, fósiles, fíjate, cadáveres vagando como en esa película de Romero. Y el gulash y poco a poco desde el calor y la osezna de nuevo contenta y el vino, la cosquilla en el estómago cediendo a una especie de alegría, a una paz, que dijera tonterías, que siguiera explicándole su visión de un mundo que a lo mejor había sido también su visión alguna vez aunque ya no estaba para acordarse, que lo mirara desde el teatro de su flequillo, de golpe seria y como preocupada y después bruscamente Shepp, diciendo tan bueno estar así, sentirse seca y dentro de la burbuja y una vez en Avignon cinco horas esperando un stop con un viento que arrancaba las tejas, vi estrellarse un pájaro contra un árbol, cayó como un pañuelo fíjate: la pimienta por favor.

Entonces (se llevaban la fuente vacía) pensás seguir hasta Dinamarca siempre así, ¿pero tenés un poco de plata o qué? Claro que voy a seguir, ¿no comes la lechuga?, pásamela entonces, todavía tengo hambre, una manera de plegar las hojas con el tenedor y masticarlas despacio canturreándoles Shepp con de cuando en cuando una burbujita plateada plop en los labios húmedos, boca bonita recortada terminando justo donde debía, esos dibujos del renacimiento, Florencia en otoño con Marlene, esas bocas que pederastas geniales habían amado tanto, sinuosamente sensuales sutiles etcétera, se te está yendo a la cabeza este Riesling sesenta y cuatro, escuchándola entre mordiscos y canturreos no sé cómo acabé filosofía en Santiago, quisiera leer muchas cosas, es ahora cuando tengo que empezar a leer. Previsible, pobre osita tan contenta con su lechuga y su plan de tragarse Spinoza en seis meses mezclado con Allen Ginsberg y otra vez Shepp: cuánto lugar común desfilaría hasta el café (no olvidarse de darle la aspirina, si me empieza a estornudar es un problema, mocosa con el pelo mojado la cara toda flequillo pegado la lluvia manoteándola al borde del camino) pero paralelamente entre Shepp y el fin del gulash todo iba como girando de a poco, cambiando, eran las mismas frases y Spinoza o Copenhague y a la vez diferente, Lina ahí frente a él partiendo el pan bebiendo el vino mirándolo contenta, lejos y cerca al mismo tiempo, cambiando con el giro de la noche, aunque lejos y cerca no era una explicación, otra cosa, algo como una mostración, Lina mostrándole algo que no era ella misma pero entonces qué, decime un poco. Y dos tajadas al hilo de gruyère, por qué no comes, Marcelo, es riquísimo, no comiste nada, tonto, todo un señor como tú, porque tú eres un señor, ¿no?, y ahí fumando mando mando mando sin comer nada, oye, y un poquito más de vino, tú querrías, ¿no?, porque con este queso te imaginas, hay que darle una bajadita de nada, anda, come un poco: más pan, es increíble lo que como de pan, siempre me vaticinaron gordura, lo que oyes, es cierto que ya tengo barriguita, no parece pero sí, te juro, Shepp.

Inútil esperar que hablara de cualquier cosa sensata y por qué esperar (porque tú eres un señor, ¿no?), osezna entre las flores del postre mirando deslumbrada y a la vez con ojos calculadores el carrito de ruedas lleno de tortas compotas merengues, barriguita, sí, le habían vaticinado gordura, sic, ésta con más crema, y por qué no te gusta

Copenhague, Marcelo. Pero Marcelo no había dicho que no le gustara Copenhague, solamente un poco absurdo eso de viajar en plena lluvia y semanas y mochila para lo más probablemente descubrir que los hippies ya andaban por California, pero no te das cuenta que no importa, te dije que no los conozco, les llevo unos dibujos que me dieron Cecilia y Marcos en Santiago y un disquito de *Mothers of Invention*, ¿aquí no tendrán un tocadiscos para que te lo ponga?, probablemente demasiado tarde y Kindberg, date cuenta, todavía si fueran violines gitanos pero esas madres, che, la sola idea, y Lina riéndose con mucha crema y barriguita bajo pulóver negro, los dos riéndose al pensar en las madres aullando en Kindberg, la cara del hotelero y ese calor que hacía rato reemplazaba la cosquilla en el estómago, preguntándose si no se haría la difícil, si al final la espada legendaria en la cama, en todo caso el rollo de la almohada y uno de cada lado barrera moral espada moderna, Shepp, ya está, empezás a estornudar, tomá la aspirina que ya traen el café, voy a pedir coñac que activa el salicílico, lo aprendí de buena fuente. Y en realidad él no había dicho que no le gustara Copenhague pero la osita parecía entender el tono de su voz más que las palabras, como él cuando aquella maestra de la que se había enamorado a los doce años, qué importaban las palabras frente a ese arrullo, eso que nacía de la voz como un deseo de calor, de que lo arroparan y caricias en el pelo, tantos años después el psicoanálisis: angustia, bah, nostalgia del útero primordial, todo al fin y al cabo desde el vamos flotaba sobre las aguas, lea la Biblia, cincuenta mil pesos para curarse de los vértigos y ahora esa mocosa que le estaba como sacando pedazos de sí mismo, Shepp, pero claro, si te la tragás en seco cómo no se te va a pegar en la garganta, boteta. Y ella revolviendo el café, de golpe levantando unos ojos aplicados y mirándolo con un respeto nuevo, claro que si le empezaba a tomar el pelo se lo iba a pagar doble pero no, de veras Marcelo, me gustas cuando te pones tan doctor y papá, no te enojes, siempre digo lo que no tendría que, no te enojes, pero si no me enojo, pavota, sí te enojaste un poquito porque te dije doctor y papá, no era en ese sentido pero justamente se te nota tan bueno cuando me hablas de la aspirina y fíjate que te acordaste de buscarla y traerla, yo ya me había olvidado, Shepp, ves cómo me hacía falta, y eres un poco cómico porque me miras tan doctor, no te enojes, Marcelo, qué rico este coñac con el café, qué bien para dormir, tú sabes que. Y sí, en la carretera desde las siete de la mañana, tres autos y un camión, bastante bien en conjunto salvo la tormenta al final pero entonces Marcelo y Kindberg y el coñac Shepp. Y dejar la mano muy quieta, palma hacia arriba sobre el mantel lleno de miguitas cuando él se la acarició levemente para decirle que no, que no estaba enojado porque ahora sabía que era cierto, que de veras la había conmovido ese cuidado nimio, el comprimido que él había sacado del bolsillo con instrucciones detalladas, mucha agua para que no se pegara en la garganta, café y coñac; de golpe amigos, pero de veras, y el fuego debía estar entibiando todavía más el cuarto, la camarera ya habría plegado las sábanas como sin duda siempre en Kindberg, una especie de ceremonia antigua, de bienvenida al viajero cansado, a las oseznas bobas que querían mojarse hasta Copenhague y después, pero qué importa después, Marcelo, ya te dije que no quiero atarme, noquieronoquiero, Copenhague es como un hombre que encuentras y dejas (ah), un día que pasa, no creo en el futuro, en mi familia no hablan más que del futuro, me hinchan los huevos con el futuro, y a él también su tío Roberto convertido en el tirano cariñoso para cuidar de Marcelito huérfano de padre y tan chiquito todavía el pobre, hay que pensar en el mañana m'hijo, la jubilación ridícula del tío Roberto, lo que hace falta es un gobierno fuerte, la juventud de hoy no piensa más que en divertirse, carajo, en mis tiempos en cambio, y la osezna dejándole la mano sobre el mantel y por qué esa succión idiota, ese volver a un Buenos Aires del treinta o del cuarenta, mejor Copenhague, che, mejor Copenhague y los hippies y la lluvia al borde del camino, pero él nunca había hecho stop, prácticamente nunca, una o dos veces antes de entrar en la universidad, después ya tenía para ir tirando, para el sastre, y sin embargo hubiera podido aquella vez que los muchachos planeaban tomarse juntos un velero que tardaba tres meses en ir a Rotterdam, carga y escalas y total seiscientos pesos o algo así, ayudando un poco a la tripulación, divirtiéndose, claro que vamos, en el café *Rubí* del Once, claro que vamos, Monito, hay que juntar los seiscientos gruyos, no era fácil, se te va el sueldo en cigarrillos y alguna mina, un día ya no se vieron más, ya no se hablaba del velero, hay que pensar en el mañana, m'hijo, Shepp. Ah, otra vez; vení, tenés que descansar, Lina. Sí doctor, pero un momentito apenas más, fíjate que me queda este fondo de coñac tan tibio, pruébalo, sí, ves cómo está tibio. Y algo que él había debido decir sin saber qué mientras se acordaba del *Rubí* porque de nuevo Lina con esa manera de adivinarle la voz, lo que realmente decía su voz más que lo que le estaba diciendo que era siempre idiota y aspirina y tenés que descansar o para qué ir a Copenhague por ejemplo cuando ahora, con esa manita blanca y caliente bajo la suya, todo podía llamarse Copenhague, todo hubiera podido llamarse velero si seiscientos pesos, si huevos, si poesía. Y Lina mirándolo y después bajando rápido los ojos como si todo eso estuviera ahí sobre la mesa, entre las migas, ya basura del tiempo, como si él le hubiera hablado de todo eso en vez de repetirle vení, tenés que descansar, sin animarse al plural más lógico, vení vamos a dormir, y Lina que se relamía y se acordaba de unos caballos (o eran vacas, le escuchaba apenas el final de la frase), unos caballos cruzando el campo como si algo los hubiera espantado de golpe: dos caballos blancos y uno alazán, en el fundo de mis tíos no sabes lo que era galopar por la tarde contra el viento, volver tarde y cansada y claro los reproches, machona, ya mismo, espera que termino este traguito y ya, ya mismo, mirándolo con todo el flequillo al viento como si a caballo en el fundo, soplándose en la nariz porque el coñac tan fuerte, tenía que ser idiota para plantearse problemas cuando había sido ella en el gran corredor negro, ella chapoteando y contenta y dos piezas qué tontería, pide una sola, asumiendo por supuesto todo el sentido de esa economía, sabiendo y a lo mejor acostumbrada y esperando eso al acabar cada etapa, pero y si al final no era así puesto que no parecía así, si al final sorpresas, la espada en la mitad de la cama, si al final bruscamente en el canapé del rincón, claro que entonces él, un caballero, no te olvides de la chalina, nunca vi una escalera tan ancha, seguro que fue un palacio, hubo condes que daban fiestas con candelabros y cosas, y las puertas, fíjate esa puerta, pero si es la nuestra, pintada con ciervos y pastores, no puede ser. Y el fuego, las rojas salamandras huyentes y la cama abierta blanquísima enorme y las cortinas ahogando las ventanas, ah qué rico, qué bueno, Marcelo, cómo vamos a dormir, espera que por lo menos te muestre el disco, tiene una tapa preciosa, les va a gustar, lo tengo aquí en el fondo con las cartas y los planos, no lo habré perdido, Shepp. Mañana me lo mostrás, te estás resfriando de veras, desvestite rápido, mejor apago así vemos el fuego, oh sí Marcelo, qué brasas, todos los gatos juntos, mira las chispas, se está bien en la oscuridad, da pena dormir, y él dejando el saco en el respaldo de un sillón, acercándose a la osezna acurrucada contra la chimenea, sacándose los zapatos junto a ella, agachándose para sentarse frente al fuego, viéndole correr la lumbre y las sombras por el pelo suelto, ayudándola a soltarse la blusa, buscándole el cierre del sostén, su boca ya contra el hombro desnudo, las manos yendo de caza entre las chispas, mocosa chiquita, osita boba, en algún momento ya desnudos de pie frente al fuego y besándose, fría la cama y

85

blanca y de golpe ya nada, un fuego total corriendo por la piel, la boca de Lina en su pelo, en su pecho, las manos por la espalda, los cuerpos dejándose llevar y conocer y un quejido apenas, una respiración anhelosa y tener que decirle porque eso sí tenía que decírselo, antes del fuego y del sueño tenía que decírselo, Lina, no es por agradecimiento que lo hacés, ¿verdad?, y las manos perdidas en su espalda subiendo como látigos a su cara, a su garganta, apretándolo furiosas, inofensivas, dulcísimas y furiosas, chiquitas y rabiosamente hincadas, casi un sollozo, un quejido de protesta y negación, una rabia también en la voz, cómo puedes, cómo puedes Marcelo, y ya así, entonces sí, todo bien así, perdoname mi amor perdoname tenía que decírtelo perdoname dulce perdoname, las bocas, el otro fuego, las caricias de rosados bordes, la burbuja que tiembla entre los labios, fases del conocimiento, silencios en que todo es piel o lento correr de pelo, ráfaga de párpado, negación y demanda, botella de agua mineral que se bebe del gollete, que va pasando por una misma sed de una boca a otra, terminando en los dedos que tantean en la mesa de luz, que encienden, hay ese gesto de cubrir la pantalla con un slip, con cualquier cosa, de dorar el aire para empezar a mirar a Lina de espaldas, a la osezna de lado, a la osita boca abajo, la piel liviana de Lina que le pide un cigarrillo, que se sienta contra las almohadas, eres huesudo y peludísimo, Shepp, espera que te tape un poco si encuentro la frazada, mírala a los pies, me parece que se le chamuscaron los bordes, cómo no nos dimos cuenta, Shepp.

Después el fuego lento y bajo en la chimenea, en ellos, decreciendo y dorándose, ya el agua bebida, los cigarrillos, los cursos universitarios eran un asco, me aburría tanto, lo mejor lo fui aprendiendo en los cafés, leyendo antes del cine, hablando con Cecilia y con Pirucho, y él oyéndola, el *Rubí*, tan parecidamente el *Rubí* veinte años antes, Arlt y Rilke y Eliot y Borges, sólo que Lina sí, ella sí en su velero de auto-stop, en sus singladuras de Renault o de Volkswagen, la osezna entre hojas secas y lluvia en el flequillo, pero por qué otra vez tanto velero y tanto *Rubí*, ella que no los conocía, que no había nacido siquiera, chilenita mocosa vagabunda Copenhague, por qué desde el comienzo, desde la sopa y el vino blanco ese irle tirando a la cara sin saberlo tanta cosa pasada y perdida, tanto perro enterrado, tanto velero por seiscientos pesos, Lina mirándolo desde el semisueño, resbalando en las almohadas con un suspiro de bicho satisfecho, buscándole la cara con las manos, tú me gustas, huesudo, tú ya leíste todos los libros, Shepp, quiero decir que contigo se está bien, estás de vuelta, tienes esas manos grandes y fuertes, tienes vida detrás, tú no eres viejo. De manera que la osezna lo sentía vivo a pesar de, más vivo que los de su edad, los cadáveres de la película de Romero y quién sería ése debajo del flequillo donde el pequeño teatro resbalaba ahora húmedo hacia el sueño, los ojos entornados y mirándolo, tomarla dulcemente una vez más, sintiéndola y dejándola a la vez, escuchar su ronrón de protesta a medias, tengo sueño, Marcelo, así no, sí mi amor, sí, su cuerpo liviano y duro, los muslos tensos, el ataque devuelto duplicado sin tregua, no ya Marlene en Bruselas, las mujeres como él pausadas y seguras, con todos los libros leídos, ella la osezna, su manera de recibir su fuerza y contestarla pero después, todavía en el borde de ese viento lleno de lluvia y gritos, resbalando a su vez al semisueño, darse cuenta de que también eso era velero y Copenhague, su cara hundida entre los senos de Lina era la cara del *Rubí*, las primeras noches adolescentes con Mabel o con Nélida en el departamento prestado del Monito, las ráfagas furiosas y elásticas y casi en seguida por qué no salimos a dar una vuelta por el centro, dame los bombones, si mamá se entera. Entonces ni siquiera así, ni siquiera en el amor se abolía ese espejo hacia atrás, el viejo retrato de sí mismo joven que Lina le ponía por delante acariciándolo y Shepp y durmámonos ya y otro poquito de agua por favor; como haber sido ella, desde ella en cada cosa, insoportablemente absurdo irreversible y al final el sueño entre las últimas caricias murmuradas y todo el pelo de la osezna barriéndole la cara como si algo en ella supiera, como si quisiera borrarlo para que se despertara otra vez Marcelo, como se despertó a las nueve y Lina en el sofá se peinaba canturreando, vestida ya para otra carretera y otra lluvia. No hablaron mucho, fue un desayuno breve y había sol, a muchos kilómetros de Kindberg se pararon a tomar otro café, Lina cuatro terrones y la cara como lavada, ausente, una especie de felicidad abstracta, y entonces tú sabes, no te enojes, dime que no te vas a enojar, pero claro que no, decime lo que sea, si necesitás algo, deteniéndose justo al borde del lugar común porque la palabra había estado ahí como los billetes en su cartera, esperando que los usaran y ya a punto de decirla cuando la mano de Lina tímida en la suya, el flequillo tapándole los ojos y por fin preguntarle si podía seguir otro poco con él aunque ya no fuera la misma ruta, qué importaba, seguir un poco más con él porque se sentía tan bien, que durara un poquito más con este sol, dormiremos en un bosque, te mostraré el disco y los dibujos, solamente hasta la noche si quieres, y sentir que sí, que quería, que no había ninguna razón para que no quisiera, y apartar lentamente la mano y decirle que no, mejor no, sabés, aquí vas a encontrar fácil, es un gran cruce, y la osezna acatando como bruscamente golpeada y lejana, comiéndose cara abajo los terrones de azúcar, viéndolo pagar y levantarse y traerle la mochila y besarla en el pelo y darle la espalda y perderse en un furioso cambio de velocidades, cincuenta, ochenta, ciento diez, la ruta abierta para los corredores de materiales prefabricados, la ruta sin Copenhague y solamente llena de veleros podridos en las cunetas, de empleos cada vez mejor pagados, del murmullo porteño del *Rubí*, de la sombra del plátano solitario en el viraje, del tronco donde se incrustó a ciento sesenta con la cara metida en el volante como Lina había bajado la cara porque así la bajan las ositas para comer el azúcar.

Las fases de Severo

In memoriam Remedios Varo

Todo estaba como quieto, como de alguna manera congelado en su propio movimiento, su olor y su forma que seguían y cambiaban con el humo y la conversación en voz baja entre cigarrillos y tragos. El Bebe Pessoa había dado ya tres fijas para San Isidro, la hermana de Severo cosía las cuatro monedas en las puntas del pañuelo para cuando a Severo le tocara el sueño. No éramos tantos pero de golpe una casa resulta chica, entre dos frases se arma el cubo transparente de dos o tres segundos de suspensión, y en momentos así algunos debían sentir como yo que todo eso, por más forzoso que fuera, nos lastimaba por Severo, por la mujer de Severo y los amigos de tantos años.

Como a las once de la noche habíamos llegado con Ignacio, el Bebe Pessoa y mi hermano Carlos. Éramos un poco de la familia, sobre todo Ignacio que trabajaba en la misma oficina de Severo, y entramos sin que se fijaran demasiado en nosotros. El hijo mayor de Severo nos pidió que pasáramos al dormitorio, pero Ignacio dijo que nos quedaríamos un rato en el comedor; en la casa había gente por todas partes, amigos o parientes que tampoco querían molestar y se iban sentando en los rincones o se juntaban al lado de una mesa o de un aparador para hablar o mirarse. Cada tanto los hijos o la hermana de Severo traían café y copas de caña, y casi siempre en esos momentos todo se aquietaba como si se congelara en su propio movimiento y en el recuerdo empezaba a aletear la frase idiota: «Pasa un ángel», pero aunque después yo comentara un doblete del negro Acosta en Palermo, o Ignacio acariciara el pelo crespo del hijo menor de Severo, todos sentíamos que en el fondo la inmovilidad seguía, que estábamos como esperando cosas ya sucedidas o que todo lo que podía suceder era quizá otra cosa o nada, como en los sueños, aunque estábamos despiertos y de a ratos, sin querer escuchar, oíamos el llanto de la mujer de Severo, casi tímido en un rincón de la sala donde debían estar acompañándola los parientes más cercanos.

Uno se va olvidando de la hora en esos casos, o como lo dijo riéndose el Bebe Pessoa, es al revés y la hora se olvida de uno, pero al rato vino el hermano de Severo para decir que iba a empezar el sudor, y aplastamos los puchos y fuimos entrando de a uno en el dormitorio donde cabíamos casi todos porque la familia había sacado los muebles y no quedaban más que la cama y una mesa de luz. Severo estaba sentado en la cama, sostenido por las almohadas, y a los pies se veía un cobertor de sarga azul y una toalla celeste. No había ninguna necesidad de estar callado, y los hermanos de Severo nos invitaban con gestos cordiales (son tan buenas gentes todos) a acercarnos a la cama, a rodear a Severo que tenía las manos cruzadas sobre las rodillas. Hasta el hijo menor, tan chico, estaba ahora al lado de la cama mirando a su padre con cara de sueño.

La fase del sudor era desagradable porque al final había que cambiar las sábanas y el piyama, hasta las almohadas se iban empapando y pesaban como enormes lágrimas. A diferencia de otros que según Ignacio tendían a impacientarse, Severo se quedaba inmóvil, sin siquiera mirarnos, y casi en seguida el sudor le había cubierto la cara y las manos. Sus rodillas se recortaban como dos manchas oscuras, y aunque su hermana le secaba a cada momento el sudor de las mejillas, la transpiración brotaba de nuevo y caía sobre la sábana.

—Y eso que en realidad está muy bien —insistió Ignacio que se había quedado cerca de la puerta—. Sería peor si se moviera, las sábanas se pegan que da miedo.

—Papá es hombre tranquilo —dijo el hijo mayor de Severo—. No es de los que dan trabajo.

—Ahora se acaba —dijo la mujer de Severo, que había entrado al final y traía un piyama limpio y un juego de sábanas. Pienso que todos sin excepción la admiramos como nunca en ese momento, porque sabíamos que había estado llorando poco antes y ahora era capaz de atender a su marido con una cara tranquila y sosegada, hasta enérgica. Supongo que algunos de los parientes le dijeron frases alentadoras a Severo, yo ya estaba otra vez en el zaguán y la hija menor me ofrecía una taza de café. Me hubiera gustado darle conversación para distraerla, pero entraban otros y Manuelita es un poco tímida, a lo mejor piensa que me intereso por ella y prefiero permanecer neutral. En cambio el Bebe Pessoa es de los que van y vienen por la casa y por la gente como si nada, y entre él, Ignacio y el hermano de Severo ya habían formado una barra con algunas primas y sus amigas, hablando de cebar un mate amargo que a esa hora le vendría bien a más de cuatro porque asienta el asado. Al final no se pudo, en uno de esos momentos en que de golpe nos quedábamos inmóviles (insisto en que nada cambiaba, seguíamos hablando o gesticulando, pero era así y de alguna manera hay que decirlo y darle una razón o un nombre) el hermano de Severo vino con una lámpara de acetileno y desde la puerta nos previno que iba a empezar la fase de los saltos. Ignacio se bebió el café de un trago y dijo que esa noche todo parecía andar más rápido; fue de los que se ubicaron cerca de la cama, con la mujer de Severo y el chico menor que se reía porque la mano derecha de Severo oscilaba como un metrónomo. Su mujer le había puesto un piyama blanco y la cama estaba otra vez impecable; olimos el agua colonia y el Bebe le hizo un gesto admirativo a Manuelita, que debía haber pensado en eso. Severo dio el primer salto y quedó sentado al borde de la cama, mirando a su hermana que lo alentaba con una sonrisa un poco estúpida y de circunstancias. Qué necesidad había de eso, pensé yo que prefiero las cosas limpias; y qué podía importarle a Severo que su hermana lo alentara o no. Los saltos se sucedían rítmicamente: sentado al borde de la cama, sentado contra la cabecera, sentado en el borde opuesto, de pie en el medio de la cama, de pie sobre el piso entre Ignacio y el Bebe, en cuclillas sobre el piso entre su mujer y su hermano, sentado en el rincón de la puerta, de pie en el centro del cuarto, siempre entre dos amigos o parientes, cayendo justo en los huecos mientras nadie se movía y solamente los ojos lo iban siguiendo, sentado en el borde de la cama, de pie contra la cabecera, de cuclillas en el medio de la cama, arrodillado en el borde de la cama, parado entre Ignacio y Manuelita, de rodillas entre su hijo menor y yo, sentado al pie de la cama. Cuando la mujer de Severo anunció el fin de la fase, todos empezaron a hablar al mismo tiempo y a felicitar a Severo que estaba como ajeno; yo no me acuerdo quién lo acompañó de vuelta a la cama porque salíamos al mismo tiempo comentando la fase y buscando alguna cosa para calmar la sed, y yo me fui con el Bebe al patio a respirar el aire de la noche y a bebernos dos cervezas del gollete.

En la fase siguiente hubo un cambio, me acuerdo, porque según Ignacio tenía que ser la de los relojes y en cambio oíamos llorar otra vez a la mujer de Severo en la sala y casi en seguida vino el hijo mayor a decirnos que ya empezaban a entrar las polillas. Nos miramos un poco extrañados con el Bebe y con Ignacio, pero no estaba excluido que pudiera haber cambios y el Bebe dijo lo acostumbrado sobre el orden de los factores y esas cosas; pienso que a nadie le gustaba el cambio pero disimulábamos al ir entrando otra vez y formando círculo alrededor de la cama de Severo, que la familia había colocado como correspondía en el centro del dormitorio.

El hermano de Severo llegó el último con la lámpara de acetileno, apagó la araña del cielo raso y corrió la mesa de luz hasta los pies de la cama; cuando puso la lámpara en la mesa de luz nos quedamos callados y quietos, mirando a Severo que se había incorporado a medias entre las almohadas y no parecía demasiado cansado por las fases anteriores. Las polillas empezaron a entrar por la puerta, y las que ya estaban en las paredes o el cielo raso se sumaron a las otras y empezaron a revolotear en torno de la lámpara de acetileno. Con los ojos muy abiertos Severo seguía el torbellino ceniciento que aumentaba cada vez más, y parecía concentrar todas sus fuerzas en esa contemplación sin parpadeos. Una de las polillas (era muy grande, yo creo que en realidad era una falena pero en esa fase se hablaba solamente de polillas y nadie hubiera discutido el nombre) se desprendió de las otras y voló a la cara de Severo; vimos que se pegaba a la mejilla derecha y que Severo cerraba por un instante los ojos. Una tras otra las polillas abandonaron la lámpara y volaron en torno de Severo, pegándose en el pelo, la boca y la frente hasta convertirlo en una enorme máscara temblorosa en la que sólo los ojos seguían siendo los suyos y miraban empecinados la lámpara de acetileno donde una polilla se obstinaba en girar buscando la entrada. Sentí que los dedos de Ignacio se me clavaban en el antebrazo, y sólo entonces me di cuenta de que también yo temblaba y tenía una mano hundida en el hombro del Bebe. Alguien gimió, una mujer, probablemente Manuelita que no sabía dominarse como los demás, y en ese mismo instante la última polilla voló hacia la cara de Severo y se perdió en la masa gris. Todos gritamos a la vez, abrazándonos y palmeándonos mientras el hermano de Severo corría a encender la araña del cielo raso; una nube de polillas buscaba torpemente la salida y Severo, otra vez la cara de Severo, seguía mirando la lámpara ya inútil y movía cautelosamente la boca como si temiera envenenarse con el polvo de plata que le cubría los labios.

No me quedé ahí porque tenían que lavar a Severo y ya alguien estaba hablando de una botella de grapa en la cocina, aparte de que en esos casos siempre sorprende cómo las bruscas recaídas en la normalidad, por decirlo así, distraen y hasta engañan. Seguí a Ignacio que conocía todos los rincones, y le pegamos a la grapa con el Bebe y el hijo mayor de Severo. Mi hermano Carlos se había tirado en un banco y fumaba con la cabeza gacha, respirando fuerte; le llevé una copa y se la bebió de un trago. El Bebe Pessoa se empecinaba en que Manuelita tomara un trago, y hasta le hablaba de cine y de carreras; yo me mandaba una grapa tras otra sin querer pensar en nada, hasta que no pude más y busqué a Ignacio que parecía esperarme cruzado de brazos.

—Si la última polilla hubiera elegido... —empecé.

Ignacio hizo una lenta señal negativa con la cabeza. Por supuesto, no había que preguntar; por lo menos en ese momento no había que preguntar; no sé si comprendí del todo pero tuve la sensación de un gran hueco, algo como una cripta vacía que en alguna parte de la memoria latía lentamente con un gotear de filtraciones. En la negación de Ignacio (y desde lejos me había parecido que el Bebe Pessoa también negaba con la cabeza, y que Manuelita nos miraba ansiosamente, demasiado tímida para negar a su vez) había como una suspensión del juicio, un no querer ir más adelante; las cosas eran así en su presente absoluto, como iban ocurriendo. Entonces podíamos seguir, y cuando la mujer de Severo entró en la cocina para avisar que Severo iba a decir los números, dejamos las copas medio llenas y nos apuramos, Manuelita entre el Bebe y yo, Ignacio atrás con mi hermano Carlos que llega siempre tarde a todos lados.

Los parientes ya estaban amontonados en el dormitorio y no quedaba mucho sitio donde ubicarse. Yo acababa de entrar (ahora la lámpara de acetileno ardía en el suelo, al lado de la cama, pero la araña seguía encendida) cuando Severo se levantó, se puso las manos en los bolsillos del piyama, y mirando a su hijo mayor dijo: «6», mirando a su mujer dijo: «20», mirando a Ignacio dijo: «23», con una voz tranquila y desde abajo, sin apurarse. A su hermana le dijo 16, a su hijo menor 28, a otros parientes les fue diciendo números casi siempre altos, hasta que a mí me dijo 2 y sentí que el Bebe me miraba de reojo y apretaba los labios, esperando su turno. Pero Severo se puso a decirles números a otros parientes y amigos, casi siempre por encima de 5 y sin repetirlos jamás. Casi al final al Bebe le dijo 14, y el Bebe abrió la boca y se estremeció como si le pasara un gran viento entre las cejas, se frotó las manos y después tuvo vergüenza y las escondió en los bolsillos del pantalón justo cuando Severo le decía 1 a una mujer de cara muy encendida, probablemente una parienta lejana que había venido sola y que casi no había hablado con nadie esa noche, y de golpe Ignacio y el Bebe se miraron y Manuelita se apoyó en el marco de la puerta y pareció que temblaba, que se contenía para no gritar. Los demás ya no atendían a sus números, Severo los decía igual pero ellos empezaban a hablar, incluso Manuelita cuando se repuso y dio dos pasos adelante y le tocó el 9, ya nadie se preocupaba y los números terminaron en un hueco 24 y un 12 que les tocaron a un pariente y a mi hermano Carlos; el mismo Severo parecía menos concentrado y con el último se echó hacia atrás y se dejó tapar por su mujer, cerrando los ojos como quien se desinteresa u olvida.

—Por supuesto es una cuestión de tiempo —me dijo Ignacio cuando salimos del dormitorio—. Los números por sí mismos no quieren decir nada, che.

—¿A vos te parece? —le pregunté bebiéndome de un trago la copa que me había traído el Bebe.

—Pero claro, che —dijo Ignacio—. Fijate que del 1 al 2 pueden pasar años, ponele diez o veinte, en una de esas más.

—Seguro —apoyó el Bebe—. Yo que vos no me afligía.

Pensé que me había traído la copa sin que nadie se la pidiera, molestándose en ir hasta la cocina con toda esa gente. Y a él le había tocado el 14 y a Ignacio el 23.

—Sin contar que está el asunto de los relojes —dijo mi hermano Carlos que se había puesto a mi lado y me apoyaba la mano en el hombro—. Eso no se entiende mucho, pero a lo mejor tiene su importancia. Si te toca atrasar...

—Ventaja adicional —dijo el Bebe, sacándome la copa vacía de la mano como si tuviera miedo de que se me cayese al suelo.

Estábamos en el zaguán al lado del dormitorio, y por eso entramos de los primeros cuando el hijo mayor de Severo vino precisamente a decirnos que empezaba la fase de los relojes. Me pareció que la cara de Severo había enflaquecido de golpe, pero su mujer acababa de peinarlo y olía de nuevo a agua colonia que siempre da confianza. A mí me rodeaban mi hermano, Ignacio y el Bebe como para cuidarme el ánimo, y en cambio no había nadie que se ocupara de la parienta que había sacado el 1 y que estaba a los pies de la cama con la cara más roja que nunca, temblándole la boca y los párpados. Sin siquiera mirarla Severo le dijo a su hijo menor que adelantara, y el pibe no entendió y se puso a reír hasta que su madre lo agarró de un brazo y le quitó el reloj pulsera. Sabíamos que era un gesto simbólico, bastaba simplemente adelantar o atrasar las agujas sin fijarse en el número de horas o minutos, puesto que al salir de la habitación volveríamos a poner los relojes en hora. Ya a varios les tocaba adelantar o atrasar, Severo distribuía las indicaciones casi mecánicamente, sin interesarse; cuando a mí me tocó atrasar, mi hermano volvió a clavarme los dedos en el hombro; esta vez se lo agradecí, pensando como el Bebe que podía ser una ventaja adicional aunque nadie pudiera estar seguro; y también a la parienta de la cara colorada le tocaba atrasar, y la pobre se secaba unas lágrimas de gratitud, quizá completamente inútiles al fin y al cabo, y se iba para el patio a tener un buen ataque de nervios entre las macetas; algo oímos después desde la cocina, entre nuevas copas de grapa y las felicitaciones de Ignacio y de mi hermano.

—Pronto será el sueño —nos dijo Manuelita—, mamá manda decir que se preparen.

No había mucho que preparar, volvimos despacio al dormitorio, arrastrando el cansancio de la noche; pronto amanecería y era día hábil, a casi todos nos esperaban los empleos a las nueve o a las nueve y media; de golpe empezaba a hacer más frío, la brisa helada en el patio metiéndose por el zaguán, pero en el dormitorio las luces y la gente calentaban el aire, casi no se hablaba y bastaba mirarse para ir haciendo sitio, ubicándose alrededor de la cama después de apagar los cigarrillos. La mujer de Severo estaba sentada en la cama, arreglando las almohadas, pero se levantó y se puso en la cabecera; Severo miraba hacia arriba, ignorándonos miraba la araña encendida, sin parpadear, con las manos apoyadas sobre el vientre, inmóvil e indiferente miraba sin parpadear la araña encendida y entonces Manuelita se acercó al borde de la cama y todos le vimos en la mano el pañuelo con las monedas atadas en las cuatro puntas. No quedaba más que esperar, sudando casi en ese aire encerrado y caliente, oliendo agradecidos el agua colonia y pensando en el momento en que por fin podríamos irnos de la casa y fumar hablando en la calle, discutiendo o no lo de esa noche, probablemente no pero fumando hasta perdernos por las esquinas. Cuando los párpados de Severo empezaron a bajar lentamente, borrándole de a poco la imagen de la araña encendida, sentí cerca de mi oreja la respiración ahogada del Bebe Pessoa. Bruscamente había un cambio, un aflojamiento, se lo sentía como si no fuéramos más que un solo cuerpo de incontables piernas y manos y cabezas aflojándose de golpe, comprendiendo que era el fin, el sueño de Severo que empezaba, y el gesto de Manuelita al inclinarse sobre

97

su padre y cubrirle la cara con el pañuelo, disponiendo las cuatro puntas de manera que lo sostuvieran naturalmente, sin arrugas ni espacios descubiertos, era lo mismo que ese suspiro contenido que nos envolvía a todos, nos tapaba a todos con el mismo pañuelo.

—Y ahora va a dormir —dijo la mujer de Severo—. Ya está durmiendo, fíjense.

Los hermanos de Severo se habían puesto un dedo en los labios pero no hacía falta, nadie hubiera dicho nada, empezábamos a movernos en puntas de pie, apoyándonos unos en otros para salir sin ruido. Algunos miraban todavía hacia atrás, el pañuelo sobre la cara de Severo, como si quisieran asegurarse de que Severo estaba dormido. Sentí contra mi mano derecha un pelo crespo y duro, era el hijo menor de Severo que un pariente había tenido cerca de él para que no hablara ni se moviera, y que ahora había venido a pegarse a mí, jugando a caminar en puntas de pie y mirándome desde abajo con unos ojos interrogantes y cansados. Le acaricié el mentón, las mejillas, llevándolo contra mí fui saliendo al zaguán y al patio, entre Ignacio y el Bebe que ya sacaban los atados de cigarrillos; el gris del amanecer con un gallo allá en lo hondo nos iba devolviendo a nuestra vida de cada uno, al futuro ya instalado en ese gris y ese frío, horriblemente hermoso. Pensé que la mujer de Severo y Manuelita (tal vez los hermanos y el hijo mayor) se quedaban adentro velando el sueño de Severo, pero nosotros íbamos ya camino de la calle, dejábamos atrás la cocina y el patio.

—¿No juegan más? —me preguntó el hijo de Severo, cayéndose de sueño pero con la obstinación de todos los pibes.

—No, ahora hay que ir a dormir —le dije—. Tu mamá te va a acostar, andate adentro que hace frío.

—Era un juego, ¿verdad, Julio?

—Sí, viejo, era un juego. Andá a dormir, ahora.

Con Ignacio, el Bebe y mi hermano llegamos a la primera esquina, encendimos otro cigarrillo sin hablar mucho. Otros ya andaban lejos, algunos seguían parados en la puerta de la casa, consultándose sobre tranvías o taxis; nosotros conocíamos bien el barrio, podíamos seguir juntos las primeras cuadras, después el Bebe y mi hermano doblarían a la izquierda, Ignacio seguiría unas cuadras más, y yo subiría a mi pieza y pondría a calentar la pava del mate, total no valía la pena acostarse por tan poco tiempo, mejor ponerse las zapatillas y fumar y tomar mate, esas cosas que ayudan.

Cuello de gatito negro

Por lo demás no era la primera vez que le pasaba, pero de todos modos siempre había sido Lucho el que llevaba la iniciativa, apoyando la mano como al descuido para rozar la de una rubia o una pelirroja que le caía bien, aprovechando los vaivenes en los virajes del metro y entonces por ahí había respuesta, había gancho, un dedito se quedaba prendido un momento antes de la cara de fastidio o indignación, todo dependía de tantas cosas, a veces salía bien, corría, el resto entraba en el juego como iban entrando las estaciones en las ventanillas del vagón, pero esa tarde pasaba de otra manera, primero que Lucho estaba helado y con el pelo lleno de nieve que se había derretido en el andén y le resbalaban gotas frías por dentro de la bufanda, había subido al metro en la estación de la rue du Bac sin pensar en nada, un cuerpo pegado a tantos otros esperando que en algún momento fuese la estufa, el vaso de coñac, la lectura del diario antes de ponerse a estudiar alemán entre siete y media y nueve, lo de siempre salvo ese guantecito negro en la barra de apoyo, entre montones de manos y codos y abrigos un guantecito negro prendido en la barra metálica y él con su guante marrón mojado firme en la barra para no írsele encima a la señora de los paquetes y la nena llorona, de golpe la conciencia de que un dedo pequeñito se estaba como subiendo a caballo por su guante, que eso venía desde una manga de piel de conejo más bien usada, la mulata parecía muy joven y miraba hacia abajo como ajena, un balanceo más entre el balanceo de tantos cuerpos apelmazados; a Lucho le había parecido un desvío de la regla más bien divertido, dejó la mano suelta, sin responder, imaginando que la chica estaba distraída, que no se daba cuenta de esa leve jineteada en el caballo mojado y quieto. Le hubiera gustado tener sitio suficiente como para sacar el diario del bolsillo y leer los titulares donde se hablaba de Biafra, de Israel y de Estudiantes de la Plata, pero el diario estaba en el bolsillo de la derecha y para sacarlo hubiera tenido que soltar la mano de la barra, perdiendo el apoyo necesario en los virajes, de manera que lo mejor era mantenerse firme, abriéndole un pequeño hueco precario entre sobretodos y paquetes para que la nena estuviera menos triste y su madre no le siguiera hablando con ese tono de cobrador de impuestos.

Casi no había mirado a la chica mulata. Ahora le sospechó la mata de pelo encrespado bajo la capucha del abrigo y pensó críticamente que con el calor del vagón bien podía haberse echado atrás la capucha, justamente cuando el dedo le acariciaba de nuevo el guante, primero un dedo y luego dos trepándose al caballo húmedo. El viraje antes de Montparnasse-Bienvenue empujó a la chica contra Lucho, su mano resbaló del caballo para apretarse a la barra, tan pequeña y tonta al lado del gran caballo que naturalmente le buscaba ahora las cosquillas con un hocico de dos dedos, sin forzar, divertido y todavía lejano y húmedo. La muchacha pareció darse cuenta de golpe (pero su distracción, antes, también había tenido algo de repentino y de brusco), y apartó un poco más la mano, mirando a Lucho desde el oscuro hueco que le hacía la capucha para fijarse luego en su propia mano como si no estuviera de acuerdo o estudiara las distancias de la buena educación. Mucha gente había bajado en Montparnasse-Bienvenue y Lucho ya podía sacar el diario, solamente que en vez de sacarlo se quedó estudiando el comportamiento de la manita enguantada con una atención un poco burlona, sin mirar a la chica que otra vez tenía los ojos puestos en los zapatos ahora bien visibles en el piso sucio donde de golpe faltaban la nena llorona y tanta gente que se estaba bajando en la estación Falguière. El tirón del arranque obligó a los dos guantes a crisparse en la barra, separados y obrando por su cuenta, pero el tren estaba detenido en la estación Pasteur cuando los dedos de Lucho buscaron el guante negro que no se retiró como la primera vez sino que pareció aflojarse en la barra, volverse todavía más pequeño y blando bajo la presión de dos, de tres dedos, de toda la mano que se subía en una lenta posesión delicada, sin apoyar demasiado, tomando y dejando a la vez, y en el vagón casi vacío ahora que se abrían las puertas en la estación Volontaires, la muchacha girando poco a poco sobre un pie enfrentó a Lucho sin alzar la cara, como mirándolo desde el guantecito cubierto por toda la mano de Lucho, y cuando al fin lo miró, sacudidos los dos por un barquinazo entre Volontaires y Vaugirard, sus grandes ojos metidos en la sombra de la capucha estaban ahí como esperando, fijos y graves, sin la menor sonrisa ni reproche, sin nada más que una espera interminable que vagamente le hizo mal a Lucho.

—Es siempre así —dijo la muchacha—. No se puede con ellas.

—Ah —dijo Lucho, aceptando el juego pero preguntándose por qué no era divertido, por qué no lo sentía juego aunque no podía ser otra cosa, no había ninguna razón para imaginar que fuera otra cosa.

—No se puede hacer nada —repitió la chica—. No entienden o no quieren, vaya a saber, pero no se puede hacer nada contra.

Le estaba hablando al guante, mirando a Lucho sin verlo le estaba hablando al guantecito negro casi invisible bajo el gran guante marrón.

—A mí me pasa igual —dijo Lucho—. Son incorregibles, es cierto.

—No es lo mismo —dijo la chica.

103

—Oh, sí, usted vio.

—No vale la pena hablar —dijo ella, bajando la cabeza—. Discúlpeme, fue culpa mía.

Era el juego, claro, pero por qué no era divertido, por qué él no lo sentía juego aunque no podía ser otra cosa, no había ninguna razón para imaginar que fuera otra cosa.

—Digamos que fue culpa de ellas —dijo Lucho apartando su mano para marcar el plural, para denunciar a las culpables en la barra, las enguantadas silenciosas distantes quietas en la barra.

—Es diferente —dijo la chica—. A usted le parece lo mismo, pero es tan diferente.

—Bueno, siempre hay una que empieza.

—Sí, siempre hay una.

Era el juego, no había más que seguir las reglas sin imaginar que hubiera otra cosa, una especie de verdad o de desesperación. Por qué hacerse el tonto en vez de seguirle la corriente si le daba por ahí.

—Usted tiene razón —dijo Lucho—. Habría que hacer algo en contra, no dejarlas.

—No sirve de nada —dijo la chica.

—Es cierto, apenas uno se distrae, ya ve.

—Sí —dijo ella—. Aunque usted lo esté diciendo en broma.

—Oh no, hablo tan en serio como usted. Mírelas.

El guante marrón jugaba a rozar el guantecito negro inmóvil, le pasaba un dedo por la cintura, lo soltaba, iba hasta el extremo de la barra y se quedaba mirándolo, esperando. La chica agachó aún más la cabeza y Lucho volvió a preguntarse por qué todo eso no era divertido ahora que no quedaba más que seguir jugando.

—Si fuera en serio —dijo la chica, pero no le hablaba a él, no le hablaba a nadie en el vagón casi vacío—. Si fuera en serio, entonces a lo mejor.

—Es en serio —dijo Lucho— y realmente no se puede hacer nada en contra.

—Pero usted no comprende —dijo ella—. Usted piensa que...

—Vaya a saber lo que pienso —dijo honradamente Lucho—. Vaya a saber si en el café de la esquina tienen buen café, y si hay un café en la esquina, porque este barrio no lo conozco casi.

—Hay un café —dijo ella— pero es malo.

—No me niegue que se ha sonreído.

—No lo niego, pero el café es malo.

—De todas maneras hay un café en la esquina.

—Sí —dijo ella, y esta vez le sonrió mirándolo—. Hay un café pero el café es malo, y usted cree que yo...

—Yo no creo nada —dijo él, y era malditamente cierto.

—Gracias —dijo increíblemente la chica. Respiraba como si la escalera la fatigara, y a Lucho le pareció que estaba temblando, pero otra vez el guante negro pequeñito colgante tibio inofensivo ausente, otra vez lo sentía vivir entre sus dedos, retorcerse, apretarse enroscarse bullir estar bien estar tibio estar contento acariciante negro guante pequeñito dedos dos tres cuatro cinco uno, dedos buscando dedos y guante en guante, negro en marrón, dedo entre dedo, uno entre uno y tres, dos entre dos y cuatro. Eso sucedía, se balanceaba ahí cerca de sus rodillas, no se podía hacer nada, era agradable y no se podía hacer nada o era desagradable pero lo mismo no se podía hacer nada, eso ocurría ahí y no era Lucho quien estaba jugando con la mano que metía sus dedos entre los suyos y se enroscaba y bullía, y tampoco de alguna manera la chica que jadeaba al llegar a lo alto de la escalera y alzaba la cara contra la llovizna como si quisiera lavársela del aire estancado y caliente de las galerías del metro.

—Vivo ahí —dijo la chica, mostrando una ventana alta entre tantas ventanas de tantos altos inmuebles iguales en la acera opuesta—. Podríamos hacer un nescafé, es mejor que ir a un bar, yo creo.

—Oh sí —dijo Lucho, y ahora eran sus dedos los que se iban cerrando lentamente sobre el guante como quien aprieta el cuello de un gatito negro. La pieza era bastante grande y muy caliente, con una azalea y una lámpara de pie y discos de Nina Simone y una cama revuelta que la chica avergonzadamente y disculpándose rehízo a tirones. Lucho la ayudó a poner tazas y cucharas en la mesa cerca de la ventana, hicieron un nescafé fuerte y azucarado, ella se llamaba Dina y él Lucho. Contenta, como aliviada, Dina hablaba de la Martinica, de Nina Simone, por momentos daba una impresión de apenas núbil dentro de ese vestido liso color lacre, la minifalda le quedaba bien, trabajaba en una notaría, las fracturas de tobillo eran penosas pero esquiar en febrero en la Haute Savoie, ah. Dos veces se había quedado mirándolo, había empezado a decir algo con el tono de la barra en el metro, pero Lucho había bromeado, ya decidido a basta, a otra cosa, inútil insistir y al mismo tiempo admitiendo que Dina sufría, que a lo mejor le hacía daño renunciar tan pronto a la comedia como si eso tuviera ahora la menor importancia. Y a la tercera vez, cuando Dina se había inclinado para echar el agua caliente en su taza, murmurando de nuevo que no era culpa suya, que solamente de a ratos le pasaba, que ya veía él como todo era diferente ahora, el agua y la cucharita, la obediencia de cada gesto, entonces Lucho había comprendido pero vaya a saber qué, de golpe había comprendido y era diferente, era del otro lado, la barra valía, el juego no había sido un juego, las fracturas de tobillo y el esquí podían irse al diablo ahora que Dina hablaba de nuevo sin que él la interrumpiera o la desviara, dejándola, sintiéndola, casi esperándola, creyendo porque era absurdo, a menos que sólo fuera porque Dina con su carita triste, sus menudos senos que desmentían el trópico, sencillamente porque Dina. A lo mejor habría que encerrarme, había dicho Dina sin exageración, como un mero punto de vista. No se puede vivir así, compréndalo, en cualquier momento ocurre, usted es usted, pero otras veces. Otras veces qué. Otras veces insultos, manotazos a las nalgas, acostarse enseguida, nena, para qué perder tiempo. Pero entonces. Entonces qué. Pero entonces, Dina.

—Yo pensé que había comprendido —dijo Dina, hosca—. Cuando le digo que a lo mejor habría que encerrarme.

—Tonterías. Pero yo, al principio...

—Ya sé. Cómo no le iba a ocurrir al principio. Justamente es eso, al principio cualquiera se equivoca, es tan lógico. Tan lógico, tan lógico. Y encerrarme también sería lógico.

—No, Dina.

—Pero sí, carajo. Perdóneme. Pero sí. Sería mejor que lo otro, que tantas veces. Ninfo no sé cuánto. Putita, tortillera. Sería bastante mejor al fin y al cabo. O cortármelas yo misma con el hacha de picar carne. Pero no tengo una hacha —dijo Dina sonriéndole como para que la perdonara una vez más, tan absurda reclinada en el sillón, resbalando cansada, perdida, con la minifalda cada vez más arriba, olvidada de sí misma, mirándolas solamente tomar una taza, echar el nescafé, obedientes hipócritas hacendosas tortilleras putitas ninfo no sé cuánto.

—No diga tonterías —repitió Lucho, perdido en algo que jugaba a cualquier cosa ahora, a deseo, a desconfianza, a protección—. Ya sé que no es normal, habría que encontrar las causas, habría que. De todas maneras para qué ir tan lejos. El encierro o el hacha, quiero decir.

—Quién sabe —dijo ella—. A lo mejor habría que ir muy lejos, hasta el final. A lo mejor sería la única manera de salir.

—¿Qué quiere decir lejos? —preguntó Lucho, cansado—. ¿Y cuál es el final?

—No sé, no sé nada. Tengo solamente miedo. Yo también me impacientaría si otro me hablara así, pero hay días en que. Sí, días. Y noches.

—Ah —dijo Lucho acercando el fósforo al cigarrillo—. Porque también de noche, claro.

—Sí.

—Pero no cuando está sola.

—También cuando estoy sola.

—También cuando está sola. Ah.

—Entiéndame, quiero decir que.

—Está bien —dijo Lucho, bebiendo el café—. Está muy bueno, muy caliente. Lo que necesitábamos con un día así.

—Gracias —dijo ella simplemente, y Lucho la miró porque no había querido agradecerle nada, simplemente sentía la recompensa de ese momento de reposo, de que la barra hubiera cesado por fin.

—Y eso que no era malo ni desagradable —dijo Dina como si adivinara—. No me importa que no me crea, pero para mí no era malo ni desagradable, por primera vez.

—¿Por primera vez qué?

—Eso, que no fuera malo ni desagradable.

—¿Que se pusieran a...?

—Sí, que de nuevo se pusieran a, y que no fuera ni malo ni desagradable.

—¿Alguna vez la llevaron presa por eso? —preguntó Lucho, bajando la taza hasta el platillo con un movimiento lento y deliberado, guiando su mano para que la taza aterrizara exactamente en el centro del platillo. Contagioso, che.

—No, nunca, pero en cambio... Hay otras cosas. Ya le dije, los que piensan que es a propósito y también ellos empiezan, igual que usted. O se enfurecen, como las mujeres, y hay que bajarse en la primera estación o salir corriendo de la tienda o del café.

—No llorés —dijo Lucho—. No vamos a ganar nada si te ponés a llorar.

—No quiero llorar —dijo Dina—. Pero nunca había podido hablar con alguien así, después de... Nadie me cree, nadie puede creerme, usted mismo no me cree, solamente es bueno y no quiere hacerme daño.

—Ahora te creo —dijo Lucho—. Hasta hace dos minutos yo era como los otros. A lo mejor deberías reírte en vez de llorar.

—Ya ve —dijo Dina, cerrando los ojos—. Ya ve que es inútil. Tampoco usted, aunque lo diga, aunque lo crea. Es demasiado idiota.

—¿Te has hecho ver?

—Sí. Ya sabés, calmantes y cambio de aire. Unos cuantos días te engañás, pensás que...

—Sí —dijo Lucho, alcanzándole los cigarrillos—. Esperá. Así. A ver qué hace.

La mano de Dina tomó el cigarrillo con el pulgar y el índice, y a la vez el anular y el meñique buscaron enroscarse en los dedos de Lucho que mantenía el brazo tendido, mirando fijamente. Libre del cigarrillo, sus cinco dedos bajaron hasta envolver la pequeña mano morena, la ciñeron apenas, empezando una lenta caricia que resbaló hasta dejarla libre, temblando en el aire; el cigarrillo cayó dentro de la taza. Bruscamente las manos subieron hasta la cara de Dina, doblada sobre la mesa, quebrándose en un hipo como de vómito.

—Por favor —dijo Lucho, levantando la taza—. Por favor, no. No llorés así, es tan absurdo.

—No quiero llorar —dijo Dina—. No tendría que llorar, al contrario, pero ya ves.

—Tomá, te va a hacer bien, está caliente; yo haré otro para mí, esperá que lave la taza.

—No, dejame a mí.

Se levantaron al mismo tiempo, se encontraron al borde de la mesa. Lucho volvió a dejar la taza sucia sobre el mantel; las manos les colgaban lacias contra los cuerpos; solamente los labios se rozaron, Lucho mirándola de lleno y Dina con los ojos cerrados, las lágrimas.

—Tal vez —murmuró Lucho—, tal vez sea esto lo que tenemos que hacer, lo único que podemos hacer, y entonces.

—No, no, por favor —dijo Dina, inmóvil y sin abrir los ojos—. Vos no sabés lo que... No, mejor no, mejor no.

Lucho le había ceñido los hombros, la apretaba despacio contra él, la sentía respirar contra su boca, un aliento caliente con olor de café y de piel morena. La besó en plena boca, ahondando en ella, buscándole los dientes y la lengua; el cuerpo de Dina se aflojaba en sus brazos, cuarenta minutos antes su mano había acariciado la suya en la barra de un asiento de metro, cuarenta minutos antes un guante negro pequeñito sobre un guante marrón. La sentía resistir apenas, repetir la negativa en la que había habido como el principio de una prevención, pero todo cedía en ella, en los dos, ahora los dedos de Dina subían lentamente por la espalda de Lucho, su pelo le entraba en los ojos, su olor era un olor sin palabras ni prevenciones, la colcha azul contra sus cuerpos, los dedos obedientes buscando los cierres, dispersando ropas, cumpliendo las órdenes, las suyas y las de Dina contra la piel, entre los muslos, las manos como las bocas y las rodillas y ahora los vientres y las cinturas, un ruego murmurado, una presión resistida, un echarse atrás, un instantáneo movimiento para trasladar de la boca a los dedos y de los dedos a los sexos esa caliente espuma que lo allanaba todo, que en un mismo movimiento unía sus cuerpos y los lanzaba al juego. Cuando encendieron cigarrillos en la oscuridad (Lucho había querido apagar la lámpara y la lámpara había caído al suelo con un ruido de vidrios rotos, Dina se había enderezado como aterrada, negándose a la oscuridad, había hablado de encender por lo menos una vela y de bajar a comprar otra bombilla, pero él había vuelto a abrazarla en la sombra y ahora fumaban y se entreveían a cada aspiración del humo, y se besaban de nuevo), afuera llovía obstinadamente, la habitación recalentada los contenía desnudos y laxos, rozándose con manos y cinturas y cabellos se dejaban estar, se acariciaban interminablemente, se veían con un tacto repetido y húmedo, se olían en la sombra murmurando una dicha de monosílabos y diástoles.

En algún momento las preguntas volverían, las ahuyentadas que la oscuridad guardaba en los rincones o debajo de la cama, pero cuando Lucho quiso saber, ella se le echó encima con su piel empapada y le calló la boca a besos, a blandos mordiscos, sólo mucho más tarde, con otros cigarrillos entre los dedos, le dijo que vivía sola, que nadie le duraba, que era inútil, que había que encender una luz, que del trabajo a su casa, que nunca la habían querido, que había esa enfermedad, todo como si no importara en el fondo o fuese demasiado importante para que las palabras sirvieran de algo, o quizá como si todo aquello no fuera a durar más allá de la noche y pudiera prescindir de explicaciones, algo apenas empezado en una barra de metro, algo en que sobre todo había que encender una luz.

—Hay una vela en alguna parte —había insistido monótonamente, rechazando sus caricias—. Ya es tarde para bajar a comprar una bombilla. Dejame buscarla, debe estar en algún cajón. Dame los fósforos. No hay que quedarse en la oscuridad. Dame los fósforos.

—No la enciendas todavía —dijo Lucho—. Se está tan bien así, sin vernos.

—No quiero. Se está bien pero ya sabés, ya sabés. A veces.

—Por favor —dijo Lucho, tanteando en el suelo para encontrar los cigarrillos—, por un rato que nos habíamos olvidado... ¿Por qué volvés a empezar? Estábamos bien, así.

—Dejame buscar la vela —repitió Dina.

—Buscala, da lo mismo —dijo Lucho alcanzándole los fósforos. La llama flotó en el aire estancado de la pieza dibujando el cuerpo apenas menos negro que la oscuridad, un brillo de ojos y de uñas, otra vez tiniebla, frotar de otro fósforo, oscuridad, frotar de otro fósforo, movimiento brusco de la llama que se apagaba en el fondo de la pieza, una breve carrera como sofocada, el peso del cuerpo desnudo cayendo de través sobre el suyo, haciéndole daño contra las costillas, su jadeo. La abrazó estrechamente,

112

besándola sin saber de qué o por qué tenía que calmarla, le murmuró palabras de alivio, la tendió contra él, bajo él, la poseyó dulcemente y casi sin deseo desde una larga fatiga, la entró y la remontó sintiéndola crisparse y ceder y abrirse y ahora, ahora, ya, ahora, así, ya, y la resaca devolviéndolos a un descanso boca arriba mirando la nada, oyendo latir la noche con una sangre de lluvia allí afuera, interminable gran vientre de la noche guardándolos de los miedos, de barras de metro y lámparas rotas y fósforos que la mano de Dina no había querido sostener, que había doblado hacia abajo para quemarse y quemarla, casi como un accidente porque en la oscuridad el espacio y las posiciones cambian y se es torpe como un niño pero después el segundo fósforo aplastado entre dos dedos, cangrejo rabioso quemándose con tal de destruir la luz, entonces Dina había tratado de encender un último fósforo con la otra mano y había sido peor, no podía ni decirlo a Lucho que la oía desde un miedo vago, un cigarrillo sucio. No te das cuenta que no quieren, es otra vez. Otra vez qué. Eso. Otra vez qué. No, nada, hay que encontrar la vela. Yo la buscaré, dame los fósforos. Se cayeron allá, en el rincón. Quedate quieta, esperá. No, no vayas, por favor no vayas. Dejame, yo los encontraré. Vamos juntos, es mejor. No, dejame, yo los encontraré, decime dónde puede estar esa maldita vela. Por ahí, en la repisa, si encendieras un fósforo a lo mejor. No se verá nada, dejame ir. Rechazándola despacio, desanudándole las manos que le ceñían la cintura, levantándose poco a poco. El tirón en el sexo lo hizo gritar más de sorpresa que de dolor, buscó como un látigo el puño que lo ataba a Dina tendida de espaldas y gimiendo, le abrió los dedos y la rechazó violentamente. La oía llamarlo, pedirle que volviera, que no volvería a pasar, que era culpa de él por obstinarse. Orientándose hacia lo que creía el rincón se agachó junto a la cosa que podía ser la mesa y tanteó buscando los fósforos, le pareció encontrar uno pero era demasiado largo, quizá un escarbadientes, y la caja no estaba ahí, las palmas de las manos recorrían la vieja alfombra, de rodillas se arrastraba bajo la mesa; encontró un fósforo, después otro, pero no la caja; contra el piso parecía todavía más oscuro, olía a encierro y a tiempo. Sintió los garfios que le corrían por la espalda, subiendo hasta la nuca y el pelo, se enderezó de un salto rechazando a Dina que gritaba contra él y decía algo de la luz en el rellano de la escalera, abrir la puerta y la luz de la escalera, pero claro, cómo no habían pensado antes, dónde estaba la puerta, ahí al frente, no podía ser puesto que la mesa quedaba de lado, bajo la ventana, te digo que ahí, entonces andá vos que sabés, vamos los dos, no quiero quedarme sola ahora, soltame entonces, me hacés daño, no puedo, te digo que no puedo, soltame o te pego, no, no, te digo que me sueltes. El empellón lo dejó solo frente a un jadeo, algo que temblaba ahí al lado, muy cerca; estirando los brazos avanzó buscando una pared, imaginando la puerta; tocó algo caliente que lo evadió con un grito, su otra mano se cerró sobre la garganta de Dina como si apretara un guante o el cuello de un gatito negro, la quemazón le desgarró la mejilla y los labios, rozándole un ojo, se tiró hacia atrás para librarse de eso que seguía aferrando la garganta de Dina, cayó de espaldas en la alfombra, se arrastró de lado sabiendo lo que iba a ocurrir, un viento caliente sobre él, la maraña de uñas contra su vientre y sus costillas, te dije, te dije que no podía ser, que encendieras la vela, buscá la puerta en seguida, la puerta. Arrastrándose lejos de la voz suspendida en algún punto del aire negro, en un hipo de asfixia que se repetía y repetía, dio con la pared, la recorrió enderezándose hasta sentir un marco, una cortina, el otro marco, la falleba; un aire helado se mezcló con la sangre que le llenaba los labios, tanteó buscando el botón de la luz, oyó detrás la carrera y el alarido de Dina, su golpe contra la puerta entornada, debía haberse dado con la hoja en la frente, en la nariz, la puerta cerrándose a sus espaldas justo cuando apretaba el botón de la luz. El vecino que espiaba desde la puerta de enfrente lo miró y con una exclamación ahogada se metió dentro y trancó la puerta, Lucho desnudo en el rellano lo maldijo y se pasó los dedos por la cara que le quemaba mientras todo el resto era el frío del rellano, los pasos que subían corriendo desde el primer piso, abrime, abrí en seguida, por Dios abrí, ya hay luz, abrí que ya hay luz. Adentro el silencio y como una espera, la vieja envuelta en la bata violeta mirando desde abajo, un chillido, desvergonzado, a esta hora, vicioso, la policía, todos son iguales, ¡madame Roger, madame Roger! «No me va a abrir», pensó Lucho sentándose en el primer peldaño, sacándose la sangre de la boca y los ojos, «se ha desmayado con el golpe y está ahí en el suelo, no me va a abrir, siempre lo mismo, hace frío, hace frío». Empezó a golpear la puerta mientras escuchaba las voces en el departamento de enfrente, la carrera de la vieja que bajaba llamando a madame Roger, el inmueble que se despertaba en los pisos de abajo, preguntas y rumores, un momento de espera, desnudo y lleno de sangre, un loco furioso, madame Roger, abrime Dina, abrime, no importa que siempre haya sido así pero abrime, éramos otra cosa, Dina, hubiéramos podido encontrar juntos, por qué estás ahí en el suelo, qué te hice yo, por qué te golpeaste contra la puerta, madame Roger, si me abrieras encontraríamos la salida, ya viste antes, ya viste cómo todo iba tan bien, simplemente encender la luz y seguir buscando los dos, pero no querés abrirme, estás llorando, maullando como un gato lastimado, te oigo, te oigo, oigo a madame Roger, a la policía, y usted hijo de mil putas por qué me espía desde esa puerta, abrime, Dina, todavía podemos encontrar la vela, nos lavaremos, tengo frío, Dina, ahí vienen con una frazada, es típico, a un hombre desnudo se lo envuelve en una frazada, tendré que decirles que estás ahí tirada, que traigan otra frazada, que echen la puerta abajo, que te limpien la cara, que te cuiden y te protejan porque yo ya no estaré ahí, nos separarán en seguida, verás, nos bajarán separados y nos llevarán lejos uno de otro, qué mano buscarás, Dina, qué cara arañarás ahora mientras te llevan entre todos y madame Roger.

Este libro se terminó
de imprimir en
Móstoles, Madrid,
en el mes de
diciembre de 2023